パノラマ島美談

西尾維新

講談社
タイガ

目次

美《び》少年《しょうねん》探偵《たんてい》団《だん》
指《ゆび》輪《わ》創《そう》作《さく》
足《あし》利《かが》飆《ひょう》太《た》
双《そう》頭《とう》院《いん》学《まなぶ》
瞳《どう》島《じま》眉《まゆ》美《み》

Illustration キナコ
Design Veia

パノラマ島美談

美少年探偵団団則

1、美しくあること
2、少年であること
3、探偵であること

0　まえがき

『きわめて幼《おさな》いころから私は、想像のうちにつぎつぎに事件をえがく遊びにふけるのであった。書くことができるようになるやいなや、私は紙屋のよい友となった。』

言わずと知れたロバート・ルイス・スティーヴンスンが、著作『宝島』について語った文章から一節、引用させてもらった。偉人の格言にいちゃもんをつけることを生業《なりわい》とするわたしのごとき中学二年生をして、沈黙せざるを得ない完全なる名文である——強《し》いて言うならこの作者は、『宝島』の一方で『ジキル博士とハイド氏』を書いたりしているので、その筆の先から放たれる名言をいったいどこまで鵜呑《うの》みにしてよいものか、判断に苦しむ程度だ。

そんなわけで本書『パノラマ島美談』は、宝島のお話である——だったら捩《もじ》るべき江戸川乱歩作品は『パノラマ島奇譚《きたん》』ではなく『新宝島』ではないのかと、しょっぱなから真っ当なる疑念を呈《てい》されそうではあるけれど、しかし、図太さでならしたわたしも（そして美少年探偵団の面々も、『新々宝島』と銘打つほど、身の程を弁えていないわけではない。

そして滞在中に体験した出来事の性質を思えば、やはり、わたし達が冬期合宿と称して訪れたあの宝島は、『パノラマ島』だった。

それは単に、島の名称が野良間島《のらまじま》だったからというような安直な理由ではなく、その無人島全体をカンバスとして、七年がかりで五枚の絵を完成させた永久井《とわい》こわ子《こ》先生の、常軌を逸《いっ》した創作活動が、まさしくパノラマ島の主を連想させるからである。

元教師・永久井こわ子。

美少年探偵団のリーダーをして、『我々の先駆者』と評価させるだけのことはある。

「わっかんないなあ、ボクには。なんでわざわざ、無人島に住んでまで、物作りなんてしようと思うかな。どんなすごいものを作っても、結局それは作りものであって、自然じゃあない不自然なのに」

と、冷めたことを言ったのは、生足くんである。

美脚のヒョータ、美少年探偵団の体力班。

天使長のような可愛《かわい》らしい外見とは裏腹に体育会系、中学一年生にして陸上部のエースである彼にしてみれば、精神的な部分によるところが大きい創作活動の意味は、いまいちわかりづらいものなのかもしれない。

まあ、芸術を解さないという点においては、わたしも生足くんにまったく引けを取らないのだけれど、野暮なわたしが言うのと違って、自分の肉体（特に足）を、芸術品の域にまで鍛《きた》え、高めている彼の言葉は、それなりに重い。

自然に勝《まさ》る芸術はない。

事実は小説より奇なり。

そのような物言いは、小説家だって画家だって、あらゆるクリエーターが、いつかは突き当たる壁だろう。現実を前にいつか、空想は足を止めることになる——だが、ここが肝要なのだけれど、『我々の先駆者』ことこわ子先生は、その壁を突破しようとしたのである。

そのための『島ごもり』であり。

そして完成された五枚の絵なのだった。

自然を越える不自然——現実の壁を突き破る空想。それが元美術教師が描こうとした景色であり、しかもその五枚の絵は、驚いたことに、このわたし、『美観のマユミ』にも見えない絵なのである。

「『あんたらも探偵団を名乗るなら、あたしの描いた五枚の絵を、この島にいる間に見つけてみてよ』なんて、永久井ちゃんは言ってたけど、そういうイベントなら、あはは、どうやらボク達の出番はなさそうだね、眉美《まゆみ》ちゃん。美術班のソーサクや分析班のナガヒロの分野でしょ」

気楽そうに言う生足くん。

無責任だなあと思いつつ、しかしまあ、わたしもまったく同じ意見だったのだから、彼を責めることはできない。少なくとも、視力が役に立たないミッションである以上、わたしは呑気《のんき》に自然体験を楽しめばいいだけだと、そんな風に思っていた。

ところが、さにあらず。

『芸術って何？』が口癖《くちぐせ》のこの瞳島《どうじま》眉美は、この合宿において、『美観』の枠を超えた意外な役割を果たすことになるのである——結論から言えば、それこそが冬期合宿において、もっとも不自然で、美談からはほど遠い、空想めいた奇なる現実なのかもしれなかった。

1　合宿二日目

「あんたもそろそろ起きたら？　他の連中は、もうとっくに、それぞれの持ち場に出発しちゃったわよ」

母親のものではない声に起こされて、わたしがぼんやりと目を開くと、見覚えのない景色が広がっていた――と言うか、見覚えのない景色が閉じていた。

ビニールの屋根が閉じていた。

「…………」

一瞬、何がなんだかわからなかったけれど、すぐにそれが、テントの天井（？）なのだと気付く――そして、自分の身体は簀巻《すま》きにされているわけではなく、シュラフ、すなわち寝袋に入っているだけだと思い至る。

そうそう。ここは自宅じゃない。

いろいろあって、現在非常に居心地の悪いあの自宅ではなく――野良間島の中心部付近の野原である。

ゆうべ、みんなでテントを設営したのだった。

みんなで……美少年探偵団、六人がかりで。

まあ、実際は、六人がかりと言うより、不良くんがひとりで建てたようなものだったけれど……、本当あいつは、生活力のある不良生徒だよね……、えっと、それで、そのみんなは？

見れば、空っぽの寝袋が五つ、わたしの周りに散らばっている——几帳面《きちょうめん》に折り畳まれていたり、脱皮しっぱなしになっていたり、その状態にはそれぞれ性格が出ているけれど。

ぬう。わたしを置いて行くとは。

美少年探偵団の秘められた団則その4はどうなった？

「何度も起こしたけど起きなかったって言ってたよ。ここまで図々しい奴《やつ》だとは思わなかったって、番長っぽい子が呆《あき》れてたわ」

旅行ってのは、普段じゃわからない性格が出るわよねぇ——と、それこそ呆れたような口調で言いつつ、テントの入り口に立っている女性は、果たして誰だっけ？

まだぼんやりしてるな。

テレビ番組の提供バックの文字くらいぼんやりしてる。

そうだ、こわ子先生だ——永久井こわ子先生。

わたし達が通う指輪《ゆびわ》学園中等部の、元美術教師——不祥事を起こして追放され、現在も半《なか》ば指名手配みたいな状態で追われている、異端のアーティストである。

なので、退職以降はこの野良間島に、七年間にわたって潜伏し、自身の芸術活動に集中していたのだ——そこまでは、うちの副団長である先輩くんが突き止めてくれた（『屋根裏の美少年』参照)。

こうして数週間ぶりに再会してみても、タオルを頭に巻いて、絵の具だらけのジャージを着た姿は、いかにも絵描きめいている……、学校の講堂ではなく無人島で会って見ると、世捨て人の雰囲気のほうが強くなる。

ただ、それでも、元教師は元教師なので、こうして向かい合うと、寝坊を叱《しか》られている気分になってしまう。

「いや、むしろデリケートなほうなんですけどね」

と、もごもご言いわけをしつつ、わたしはもぞもぞ寝袋から這《は》い出《で》る。

「デリケートで控《ひか》えめな眉美ちゃん?とよく言われます」

本当は根暗で陰湿な眉美ちゃんとよく言われているのだが、それは必ずしも自ら外部に開示したい評価ではない。

しかしながら、やはり大人には子供じみた嘘《うそ》は通じないようで、こわ子先生は肩を竦《すく》めて、「て言うか、この間は気がつかなかったけれど、眉美ちゃん、あんた、女の子だったんだね」と言った。

「今はその辺の倫理観がどうなってるのか知らないけれど、少なくともあたしが教師をやっていた七年前は、男子五人と雑魚寝《ざこね》ができる女子のことを、デリケートで控えめとは言わなかったわよ」

しかもあんな美少年どもとねえと、皮肉めかして続けられると、ううむ、反論の余地がない。

一応、この旅行に際しても、わたしは男装していたのだが、さすがに寝るときまでバストを押しつぶしているわけにはいかない——ぼんやりとしたまま寝袋から這い出たことで、バレてしまったようだ。

迂闊《うかつ》だった。

いや、別に隠しているわけじゃないので、ここでこわ子先生に性別が露見したところで、だからどうということもないのだけれど。

「眉美ちゃん、今夜からはあたしのテントで寝な。もうあたしも現役の教師じゃないから、あーだこーだとうるさく言いたくないけれど、中学生の男女が雑魚寝してるのは、大人としてさすがに見過ごせんよ」

「はーい。あ、でも、リーダーは小学生ですよ。小学五年生の小五郎《こごろう》です」

細かい注釈をしつつ、わたしは立ち上がり、伸びをする——やっぱり、テントの床と寝袋じゃ、ほとんど野宿したのと変わらないのか、節々が痛い。

「さてと。わたしの読みでは、不良くんがわたしのために、朝ご飯を用意してくれているはずなんですが」

「いい読みだね。預けられてるよ」

こわ子先生が、ハンカチの包みをわたしに差し出した——そのシルエットから見て、どうやらおにぎりがふたつほど、包まれているようだ。

昨日の飯盒炊爨《はんごうすいさん》の残りで作ったのかな。

残り物でご飯が作れる人は本当に料理がうまい人だって言うよね。

でも、そうやってお弁当にしてくれているなら、ここで食べるよりも、遅ればせながらわたしも出発して、メンバーの誰かと合流してから、デリシャスにいただきますすることにしようかな。

そんなわけで、わたしは着替え始める。

着替えと言うか、男装だ。

もう最近はナチュラルに男装しているため、どっちが真の姿なのか、どっちが仮の姿なのか、自分でもよくわからなくなっている……、学校の制服ならまだしも、普段着や旅装に致るまで、男モノだもの。

「こわ子先生……、あの、先生って呼んでいいんですよね?」

七年前に教師をやめているとは言え、彼女は今もって現役の画家なのだから、敬意を込めて先生と呼んでも間違いではないはずだ——だけど、先生と呼ばれることに抵抗を覚える芸術家も多いそうなので（『先生と呼ばれるほどの馬鹿《ばか》でなし』と言うんだっけ）、一応、お伺いを立てておこう。

「別にいいよ。何も教えてあげられないけどね。七年もこの島にこもっている間に、すっかり浦島太郎だし。乙姫さまと洒落《しゃれ》込みたいもんだけどねえ」

「あの五人が、それぞれ、どこの美術館に向かったか、教えてもらえます？　あとを追いたいんですけれど。ほら、あいつら、わたしがいないと何もできないから」

「むかつくキャラで通してるんだね」

苦笑して、

「番長っぽい子が、孔雀《くじゃく》館に。紳士然とした子が、雲雀《ひばり》館に。この真冬に綺麗《きれい》な足をむき出しにした子が、烏《からす》館に。無口であたしの同業者っぽい子が、白鳥《はくちょう》館に。そんでもって、リーダー？　小学生の子が、鳳凰《ほうおう》館に向かったよ」

と、こわ子先生は、それぞれ、鳥の名前が冠された美術館のある方向を指さしつつ、説明してくれた。

ふむ。おおむね、昨日の打ち合わせ通りか。

わたしはその打ち合わせの途中で寝てしまったので、確信が持てていなかったけれど……、結局、わたしの処遇は（本人が寝てしまったこともあって）、宙に浮いたままのようだ。

ならば遊撃部隊を気取るとしよう。

「えーっと。じゃあ、生足くんのところに行こっかな。こういうことに関しちゃ、あの天使長が一番頼りないし」

こういうことに関して、誰よりも頼りないのは本当はわたしだったけれど、それを棚に上げる能力を、最近は身につけた。

あんなゴージャスな連中相手に劣等感なんて、抱くだけ馬鹿馬鹿《ばかばか》しい――あの『美少年ども』は、『わたしがいないと何もできない』あいつらではなくとも、『わたしがいないと何をしでかすかわからない』あいつらなのだから、わたしは、わたしにできる何かをするしかない。

美観のマユミとして、野良間島の宝探しに出発しなければ。

見えない財宝――見えない絵画。

アーティスト・永久井こわ子の作品探し。

「頑張ってね。あたしの描いた五枚の絵を、滞在中に全部見つけることができたら、約束通り、美術室の鍵《かぎ》を引き渡すわ。その代わり、一枚でも見つけられなかったら、同じく約束通り、あんたらが乗ってきたヘリをもらうから」

平気でそんな取り決めの確認をするこわ子先生は、確かにもう、教師ではないのだろう……、いやまあ、この人は、教師時代からこうだったらしいけれど……、と、そんな風に思いつつ、わたしはテントをあとにするのだった。

向かうは生足くんのいる、烏館である。

「ああ、そうだ。眉美ちゃん」

と、そんなわたしの背に、こわ子先生が、ことのついでのように言った。

「あけましておめでとう」

ん。

あ、そっか、今日、一月一日だったっけ?

2　野良間島について

ここで、わたし達美少年探偵団が、冬季合宿先に選んだ野良間島の概要を紹介しておこう。と言っても、これは副団長である咲口長広《さきぐちながひろ》先輩の受け売りである——例の座敷童《ざしきわらし》、あるいは悪魔との遭遇を経《へ》て、わたし達の合宿の行き先が決まってのち、美声のナガヒロは例によって、「東西東西」と、いい声で切り出したのだった。

例によってとは言え、いつもならば本文後半にある語りだけれど、たまにはパターンを変えてみよう——むろん、先輩くんのいい声は、いついかなるタイミングで聞いてもいいものであることは、後輩としてわたしが保証する。

3　野良間島について（2）

「永久井先生が現在、その身を置いている島——その身を隠している島は、野良間島といいます。ご存知ないのも無理はありません、どんな詳細な地図にも載っていない、無人島ですから。

「なんですか？　ヒョータくん。そもそも日本の領海内にある島なのか、ですって？　いい質問ですね。

「確かに、永久井先生が指輪学園でやらかした不祥事の規模を考えれば、国外逃亡も妥当なのですから——その質問にシンプルに答えるならば、彼女の現在の所在は、領海内ではありません。

「しかし、国外でもありません。

「いえ、私としたことが、うっかり混乱させる言いかたをしてしまいました——彼女が身を潜めたのは国内ではありますが、単に、『海』ではないという意味です。

「湖です。

「野良間島は、日本一の面積を誇る滋賀県琵琶湖《びわこ》内に位置しているのです——意外ですし、それに、盲点ですよね。

「ブラックバスじゃないんですから、まさか指輪学園理事会も、ウォンテッドを出している逃亡教師が、琵琶湖の中央に拠点を構えているとは思いますまい。

「琵琶湖の中に島なんてあるのかと、いかにも訊《き》きたげなミチルくんですが、不勉強ですよ。地理の時間に何をしていたのです？　竹生島《ちくぶしま》、多景島《たけしま》、沖島《おきのしま》……、数え上げれば、枚挙にいとまがありません。

「そもそも琵琶湖は湖でありながら、県内では海と呼ばれているほどに広大ですからね——約670平方キロメートルでしたっけ？　なんと、昔はもっと大きかったそうですよ。

「ただし、竹生島、多景島、沖島と言った島々は、もちろん地図に載っています——にもかかわらず、野良間島が、現地のどんな詳細な地図にも掲載されていないのには、一通りではない理由があるのです。

「そもそも、ソーサクくんあたりは、『野良間』という名を聞いた時点で、ぴんと来るものがあるんじゃないでしょうか？　相変わらず、一言も発してくれませんが……、ノーリアクションの、重い聴衆ですよ。

「なぜならば、ソーサクくんが事実上運営しているに等しい指輪財団と双璧《そうへき》をなす、一大グループ『キャメル』の創業者一族の苗字《みょうじ》が、まさしく野良間なのですから。

「ええ、お察しの通りです、リーダー。

「……いえ、全然違いました。私の早とちりでした。

「野良間家は、指輪財団に勝るとも劣《おと》らぬビジネスライクな組織なのですが、中にはやはり、はぐれ者もいましてね――はねっ返りと言いますか、具体的には、現会長の大叔父に、野良間杯《さかずき》という、遊び人がいるのです。

「遊び人と言っても、髪飾《かみかざり》中学校の生徒会長のような犯罪者とは、スケールの違う粋《いき》な遊び人なのですが――なんですか、眉美さん。何か言いたいことでも？

「……ズバッと言いますね。

「ともかく、その野良間杯氏が、己の裁量で、恐れ多くも琵琶湖内に建築したのが、野良間島という人工島なのですよ。

「人工島。

「ゆえに正式な地図には載っていないのです――もちろん、グループ『キャメル』が、関係各所へそれなりに圧力をかけた結果でもあるのでしょうが。

「どうして野良間杯氏が、そのような島を、莫大《ばくだい》なポケットマネーを費やしてまで作ったのか、わかりますか？

「永久井先生のためなのですよ。

「要するに、教師としての永久井先生ではなく、画家としての永久井先生の、野良間杯氏は、パトロンだったと言うことですね。

「遊び人として、芸術家に投資していたのです。

「しかも、当座の生活資金を渡すとか、そういった当たり前の投資ではなく、『島をひとつプレゼントするから、好きなように彩《いろど》ってみろ』という、採算度外視の投資だったようです。

「いえ、眉美さん。いくらグループ『キャメル』でも、決して安い、そして容易《たやす》い額ではありません。グループが傾くとまでは言わないにしても、球団が買えてしまうような額なのですから。

「それだけ、野良間杯氏は、永久井先生のことを高く評価していたということなのでしょう。教師は向いていないんだからさっさとやめて創作活動に専念しろと、日頃から言っていたそうですね。

「まあ、実際、クビになったわけですから、そのアドバイスは適切だったわけですが――永久井先生も、噂《うわさ》通りのかたですから、あまりパトロンの言うことは聞いていなかったようですね。

「ええ、島をもらおうと、莫大な資産を譲渡されようと、決して、従順なサロンの住人にはならなかったようです――その辺りも、芸術家っぽいです。

「それも、昔気質《むかしかたぎ》のね。

「ただ、指輪学園を追われ、指名手配の身となった七年前、彼女が潜伏先に選んだのは、野良間杯氏から創作活動の場として用意されたまま宙に浮いていた、琵琶湖内の人工島だったのです。

「湖にありながら宙に浮いていた――野良間島。

「あるいは野良間杯氏は、いつかそんなことになるだろうと予測して、あらかじめ、永久井こわ子という希有《けう》なる才能を保護するための避難所として、野良間島を作っていたのかもしれません――そのあたりは腐っても、あるいは遊んでも、企業人一家の先見の明と言うべきですね。

「指輪財団と同格である野良間一族の領地に駆け込めば、そう簡単には見つからないし、たとえ見つかったとしても、かかった追っ手にもおいそれと手出しはできなくなりますから。

「そんなパトロンの思惑に、まんまとはまるのもいささか不本意だったかもしれませんけれど、しかし実際問題として教職はクビになってしまったわけですし、永久井先生はその後、今日に至るまで、ほとんど外部に出ることなく、野良間島で創作活動に集中しているそうです。

「完全に閉ざされた、隔絶《かくぜつ》された島内でのことですから、詳細まではわかりませんけれど、なんでも永久井先生は、この七年の間に、野良間島に五つの美術館を建設したそうですよ。

「しかも、特異なことに、それぞれの美術館が、たった一作の絵を飾るために建てられた美術館なのだそうです——たったひとりの芸術家のために島をひとつ作り上げた遊び人と、たったの五作の絵のために美術館を五つ作り上げた芸術家。

「案外、似た者同士なのかもしれませんね。

「七年かけてたったの五作しか制作できていないと言うのは、如何《いか》にも寡作《かさく》ですけれど、しかし、裏を返せば、それだけの力作ということなのでしょう——合宿の行き先を野良間島にした目的は、美術室の鍵をもらい受けるためですが、なかなかない機会です。

「五泊六日の旅行の間、島ひとつに匹敵する芸術を、じっくり見せていただこうではありませんか」

4　第一の館——烏館

しかし、ことはそううまく運ばなかったのである。

いや、旅程に問題があったわけではない。

美術のソーサクこと指輪創作《ゆびわそうさく》くんが作ってくれた『旅のしおり』は完璧《かんぺき》な出来だったし、いつぞや、わたしを『思い出の海岸』にまで連行したヘリコプターの航路にも、なんら瑕疵《かし》はなかった。

強いて言うなら、大晦日《おおみそか》に出発しての五泊六日と言う、生足くんの部活動のスケジュールと整合性を取った日程が、瞳島家にちょっとした騒ぎをもたらしたが（あるときから男装して学校に通うようになった娘が、年末年始、ミステリーツアーにも似た謎《なぞ》の泊まりがけ旅行に出かけると言い出した）、そのあたりは思い切って割愛する。

身内の恥を晒《さら》したくない（身内の恥じゃなくて、わたしの恥だが。それにしても、子育てに失敗した親の気持ちというのは、いったいどういうものなのだろう？　中学二年生には、想像するよしもない）。

先輩くんの目論見《もくろみ》が外れたのは（まあ、こう言っちゃあなんだが、あの出来る生徒会長の目論見は、意外と外れがちだ。例・婚約者が幼女）、『じっくりと見せていただこう』としていた、画家・永久井こわ子の、七年間の力作が、見られなかったということに尽きる——開陳を拒否されたわけではない。

むしろ逆だ。

いいいいいいいいい、見られるものなら見てみたら？　と、こわ子先生は、こともあろうにわたし達、美少年探偵団を挑発して見せたのだった——

「あ。いたいた、生足くん。やっほー。いえーい！」

「……そんなキャラだっけ、眉美ちゃん」

島の中央の野原（以下、キャンプ場と呼称する。ちなみに、ヘリコプターが着陸したのも、このキャンプ場である。五日後に迎えに来ると言って、誰だかわからない操縦士は、去っていった）から東南の方向へ、ごつごつした岩肌を乗り越えるように移動した先の建物——鳥館の中にいる生足くん、本名足利飆太《あしかがひょうた》くんの姿が見えたので、ぶんぶんと手を振って見ると、あの明朗活発な一年生から、意外とテンションの低い、そんな答が返ってきた。

と言うか、これは、その指摘通り、わたしのキャラのほうがおかしくなっているのだろう……、どうやらわたしは、旅先では無駄にテンションが上がってしまうタイプの人間らしい。

そう言えば、修学旅行のときもそうだった……、数少ないクラスの友達を思いっきり引かせてしまったものだ。

ちなみに、『鳥館の中にいる生足くん』の姿を見るにあたって、わたしは独自の視力を使用していない――壁を透視して、生足くんの存在を目視したわけではない。

酷使したら失明するとお医者さまから診断されている視神経を保護するための眼鏡《めがね》を、旅行に際して忘れてくるほど、わたしは破天荒なうっかりさんではないのだ。

そもそも、鳥館には、透視しなければならないような壁がない――鉄骨だけが組み立っている、二階建ての、言うならば巨大なジャングルジムのような外観なのだ。

鉄骨の陰《かげ》に身を隠しでもしない限り、わたしでなくとも、その中にいる生足くんを見つけることは、容易である――まあ、鉄骨の陰に隠れたところで、彼の光り輝く美脚は、隠せるものではないかもしれないけれど。

「で、どう？　生足くん。首尾は？　この鳥館に展示されているこわ子先生の絵っていうのは、見つかった？」

「ぜんぜん。ちっとも」

距離を詰めつつ、両手をメガホン代わりにして呼びかけるわたしに、生足くんは力なく首を振った——おやおや、わたしのテンションがおかしいのも確かだけれど、生足くんがなんだか元気がないのも、また確かなようだった。

目的の絵がさっぱり見つからなくて意気消沈している……、わけではないだろう。彼とて美少年探偵団の一員である、提示された謎に対する好奇心は、たんと持ち合わせているはずだ。

そうではなく、やはり真冬という気候に対して、自慢の両足をむき出しにしたショートパンツという格好が、如何《いかん》せん合っていないのだ。

寒いから元気がないのである。

今日の空模様は晴れやかだが、それでも、気温は滅茶苦茶《めちゃくちゃ》低い……、いつもならば、見とれるばかりの美しい生足も、この環境においては、見ているだけで、こっちの足に鳥肌が立つほど、寒々しかった。

エアコンが効いた学園内ならともかく、ここは湖のど真ん中の、雪が降ってもおかしくないような孤島である——せめてレッグウォーマーくらい着用すべきじゃないのかと、他ならぬリーダーから言われた生足くんだったが、彼は断固として拒否した。

リーダーが言って駄目なら、誰が言っても駄目だろう——小学生の頃、一年を通して意地でも半ズボンで通していた同級生とかいたけれど、そのまま中学生になってしまったような生足くんだった。

その癖《くせ》、上半身にはもこもこのダウンジャケットを羽織《はお》っていたりするので、アンバランスだった——アンバランスと言うか、なんかちょっとエロい。

「よし。わかった。せめておねーさんがさすって暖めてあげるよ。その生足を」

「……なんだか、下心が見え隠れする申し出なんだけど」

「やだな、親切心しかないって。え？　まさか生足くん、わたしを女の子扱いする気？　酷《ひど》い、美少年探偵団の仲間だと思っていたのに！　少年同士だと思っていたのはわたしだけだったの⁉」

「ボク達はあの十月、とんでもないモンスターを助けてしまったのかもしれない」

今しがた自分でおねーさんって言ったじゃないと、そう言いつつ、生足くんはその場にしゃがみ込んで、こちらにその両足を向けた——目前のモンスターより目先の寒さに対して妥協したらしい。

烏館にも、一応、出入り口はあるのだけれど、なにせジャングルジムには壁がないので、どこからでも出入りできる——わたしは最短距離で生足くんの元に到着し、その足に触れる。

うわー、マジで冷たい。

よこしまな気持ちが全部吹っ飛ぶ低温だった。

「失敗したよ。他の美術館を担当すればよかった。スケルトンな見た目が面白いって理由で、この鳥館を担当させてもらったけれど、遮《さえぎ》る壁がないから、冷風がもう、びゅーびゅー、吹きすさんで」

「だろうね……」

それなりの厚着をしているわたしだって、横殴りの強い風に体温を奪われていくのを感じるくらいだ——せめて、防風林にでも囲まれていたら話は別なのだろうけれど、この辺りは草一本生《は》えていない岩肌である。

よりにもよって、こわ子先生は、なぜこんな立地条件の場所に、こんなジャングルジムもどきの美術館を……。

「この美術館自体が作品だって言うならともかく、あくまでこれは、絵画を展示するための施設だって、永久井ちゃんは言ってたよね？　ソーサクもそうだけれど、やっぱ芸術家の考えることっていうのは、ボクにはよくわかんないなあ」

ふた回り近く年上の成人女性、しかも元々は学校の先生をちゃん付けで呼べる生足くんの神経も、わたしにはよくわからなかったけれど、まあ、突っ込みどころはそこじゃないだろう。

作品を飾るための美術館を字句通りの独力で建ててしまうという、こわ子先生のバイタリティ以上に突っ込みたいところは、この島にはない。

先輩くんは、『七年でたった五作は、芸術家として寡作』みたいなことを言っていたけれど、七年の間に、島にミュージアムを五棟も、しかもひとりで建築したとなれば、寡作どころか多作過ぎるくらいだろう。

建物って、作れるんだ……。

そりゃあまあ、やってできなくはないんだろうけれど、資材を運ぶ重機だって満足に持ち込めない孤島のこと、ほとんど原始的な建築術だけで、作らなければならなかったはずである。

もちろん、事実上、無尽蔵無制限に使えるパトロンからの出資があってこそ実現できる建築であるとは言え、芸術のために、人間はそこまでしなければならないのだろうか……、その癖、こわ子先生本人は七年間、テントで寝泊まりしているというのだから、わけがわからない。

わけのわからなさにかけては美少年探偵団のメンバーもなかなか人後に落ちないはずだけれど、なんだろう、大人の『わけのわからない人』と言うのは、本当にわけがわからない。

「こういう自然体験も、せめて夏だったらな。冬はボク達、生足族にとっては地獄だよ」

「生足族って、他にいるの……?」

ああ、でも、いないじゃないか。

指輪学園中等部の女子は学年問わず、生足くんの美脚と比較されることをおそれて、今年からみんな黒ストを穿くことを心がけているけれど(男装女子のわたしを除く)、極寒の真冬であろうと、短いスカートだけで通す女子学生は、決して少なくない。

お洒落は根性という奴だ。

なんにしても、生足くんにとっては、悪魔の小学一年生にかき回されたことによって、夏期合宿が冬期合宿になってしまったことは、とんだ災難というわけである。

「でも、夏は夏で、困りものなんじゃない? 日焼けしちゃうし、それに、虫されとか」

「ボクは日焼けにはそんなにこだわらないよ。こんがり焼けても生足は生足だ。元より屋外で活動する陸上部だしね。そして、虫されの心配はないでしょ。この野良間島に限っちゃあ、さ」

一瞬、生足くんの言わんとすることを捉《とら》えかねたけれど、すぐに気付く——そうだった。自然体験と言っても、あくまでもこの島における自然体験は、例外的なのだ——ここは人工島である。

大自然があふれる無人島のようでいて——こわ子先生の建てた五つの美術館以外には、まったく人間の手が入っていないようでいて、実際には、人間の手が入っていない箇所など、一ヵ所たりともないのだ。

一木一草に至るまで、すべて、野良間杯氏が設《しつら》えたものである。

よって、害虫のような存在は、一匹も持ち込まれていない……、わたし達もヘリコプターから降りる際には、靴の裏の泥を入念に落とさねばならなかったくらいだ。

なので、わたし達がこうしている湖岸そばの岩肌にフナムシが走ることもなければ、島の反対側の山肌に茂る植物の中に、虫媒花《ちゅうばいか》も咲いてない……、島中を不用心に探索したところで、熊《くま》や猪《いのしし》と遭遇するようなトラブルもありえない。

自給自足が基本のこわ子先生の食生活は、必然、ベジタリアンに近いそれとなる——美食のミチルこと不良くんも、この合宿においては、振る舞える料理に限りがあるということだ。

「考えてみたら、こんな不自然な自然もないよね。パトロンの野良間杯氏は、こわ子先生のために、理想的で刺激的な環境を準備したつもりなのかもしれないけれど……、逃亡生活に追い込まれるまで、こわ子先生がこの島に入ろうとしなかった理由も、ひょっとしたら、そこら辺にあるのかも」

抜き差しならない状況になって初めて入島したと言うのだから、少なくとも最初の頃は積極的に、この島での創作活動に取り組んでいたわけではないだろう……、ただ、どこかで転機があったのだ。

そうでなければ、まさか嫌々で美術館を、単身五つも建設すまい……、わたしだったら、どんなやる気で乗り気でも、一棟だって建てられない。

今、わたしと生足くんがいる烏館は、鉄骨を組み立てたパズルのような建物で、昨日みんなで一通り見回った美術館の中では、比較的作りかたが見えるほうの建造物だけれど、それが見えるだけに、うんざりしてしまう。

どんな大変か。

「そうなると肝心の絵にしたって、当たり前に、島の風景を描いたものとかじゃないんだろうなあ」

と、生足くん。

陸上部ゆえに、足をマッサージされることにも慣れているのか、もうわたしがどんな風に足をさすっても、気にする様子もない。結果わたしはやりたい放題、もとい、存分に摩擦熱を発生させることができて、だいぶんあったかくなってきた――わたしも懐炉を持たされている気分だ。

「見えない絵。見つからない絵。でも、そんな保護色みたいな絵を描く意味って、何かあるのかな」

「こわ子先生が言ってたのは……」

昨日、そんな説明を受けたが、たぶん、ここにいるふたりは、チームの中でももっとも、その説明が理解できなかったふたりである。

なのでこわ子先生の説明を咀嚼《そしゃく》せず、そのまんま反復することしかできない。

「『自然を越える芸術がないのなら、自然と一体化する絵画こそが至上のものだと考えた』……、とか、なんとか」

記憶力のほうもはなはだ頼りないので、そのまんま反復することもできなかったけれど、まあ、おおむね、こんな感じだった。

だから保護色と言う表現も、あながち外してはいないのだろう――まあ、人工島でのそれとは言え、自給自足の生活を七年間もしているのだから、自然回帰をしていると言えなくもないのだが……。

「『自然との一体化』の意味……、それがはっきりすれば、隠された五枚の絵画を見つけられるヒントにもなるのかな?」

生足くんはごつごつした岩肌の手触りを確認しながら、そんな風に言う——芸術に対する理解度はわたしと同じくらい浅いのに、飽きず腐らず諦《あきら》めず、謎に対して推理を続けるその姿勢は、後輩ながら見上げたものだ。

自分が恥ずかしくなる……、いや、そこまででもないけれど、そこまででもない自分が、却《かえ》って恥ずかしい。

穴があったら入りたい。

「美術館そのものが立体的な絵画作品であるって、そんなありきたりなオチじゃあないいんだろうなあ……」

当てずっぽうでわたしは、そんなことを言った——いや、まあ、別にこわ子先生だって、意表を突こうとか奇をてらおうとかしているわけじゃないのだから、ありきたりであろうと、それが悪いと言うことにならないのだろうけれど、しかし、少なくとも、そのオチでは、我らがリーダーを納得させることはできまい。

探偵する側が納得できるかどうかなんて、本来は真実になんら関係ないのだけれど、美少年探偵団においては、それこそが最重要な点なのだ——真相は、美しくなければならない。

謎が美しいほど真相も美しくあるべきだと、あの小五郎は、本気で考えているのだ。

「どうしよっか。このままここで、ずっと眉美ちゃんに足をさすってもらっていても仕方ないし、他の館に移動する？　ボクや眉美ちゃんに関して言えば、ソーサクとかナガヒロとかのサポートに回ったほうがよさそうじゃない？」

「だね」

元々、わたしはそのつもりだった。

生足くんのサポートに来たつもりだったけれど、しかしそれでやっていることが、足をさするだけでは、確かに仕方がない。旅の思い出としてあまりにさもし過ぎる。

「自然派の芸術ってことなら、生足くんのジャンルと言えなくはないと思うんだけどね。この肉体美こそ、こわ子先生は描きたいって思わないのかしら」

「まあ、実際、アスリートは自然と仲良くしなきゃいけないんだよね。こんな風に寒いと筋肉が縮こまってベストタイムが出なくなるし、かと言って、暑かったら水分補給に気を使わなきゃだし。雨が降ったりにも、風が吹いたりにも、それぞれ細やかに対応しなきゃいけない。地面のコンディションだって、日によって違うもん」

ふうん。わたしから振った話だったけれど、あんまりアスリート視点にたって自然環境を考えたことがなかったので、新鮮だった。

でも、そうだよなあ。

真夏の高校野球とか、絶対、ドーム球場でやればいいのにって思うし……、でも、スポーツにもスポーツで、様式美はあるわけだ。

様式美、機能美。

世の中にはいろんな美学が存在するものである。

「あ。そうだ。さっき、ここに来る前、こわ子先生から、言われたことがあったんだ」

「ん。なに？」

「『あけましておめでとう』」

「……ああ。そう言えば、今日、元日だっけ。すっかり忘れてたけど」

「うん。わたしも忘れてた。そんでね、こわ子先生、『お年玉として、それぞれの館についてヒントをあげるから、お仲間の美少年どもに伝えてあげて』って言ってたんだ」

「え？」

足つぼを、もとい、虚を突かれたような顔をする生足くん。

「眉美ちゃん、なんでそれを、今の今まで黙ってられたの？　自然との一体化に対する理解がヒントになるどころか、作者本人からダイレクトにヒントを出されちゃってるじゃない」

「いや、ほら、お年玉はお金でくれたほうがよかったのにって思っちゃったから……、それに、聞いたら余計にこんがらがるようなヒントばっかりだったし。それでも聞きたい？」

「なんで試すような物言いなんだよ。聞きたいよ、そりゃ」

「後悔するかもしれないよ」

「しないよ、こんなことで。ボクに後悔することがあるとすれば、眉美ちゃんを美少年探偵団のメンバーとして認めたことくらいだよ」

結構キツいことを言われて、結構傷ついた。

我ながら面倒な奴である。

これ以上生足くんに嫌われたら死ぬしかないので、わたしは出し惜しみせずに、こわ子先生からの『お年玉』を手渡すことにした——つまり、鳥館に展示された絵を鑑賞するためのヒントである。

「『鳥館に飾った絵は、どんな審美眼があっても、どんな運が良くても、半日しか見れない』……だって」

「……半日？」

そのヒントに生足くんは、わたしがこわ子先生から直接聞いたときに浮かべた表情と、同じような表情をした。同じような表情なのだけれど、元々の素材が違い過ぎて、ぜんぜん同じには思えなかった――それはともかく、『何それ？　どういう意味？』という表情である。

あるいは推理小説に登場するような名探偵・名刑事ならば、こういう曖昧《あいまい》な、言葉遊びみたいな暗示から、一気に真相に到達できたりするのだろうが、しかし、わたし達は基本的に、勝手に探偵団を名乗っている、中学校内の、非公式なサークル活動みたいなものである。

謎に対して謎めいたヒントを出されても、単に謎が増えたとしか思えない。

「つまり、ただでさえ、保護色みたいに見えなくなっている――眉美ちゃんでさえ見えなくなっている絵画なのに、この鳥館に飾られているものは、見るチャンスが半日しかないってこと？　それ、一日のうち、半分って意味だよね？」

「さあ……」

「いや、半日の意味くらいは、さすがに非公式なサークル活動のボク達でもわかるでしょ」

確かに。

だが、それがわかったからと言って、その先にずんずん進めるわけではない――まさかこの鉄骨の館が、十二時間ごとにその構造を変える、形状記憶合金と言うわけでもあるまい。

「じゃあ、こうして、ボクと眉美ちゃんがああでもないこうでもないと頭をひねっていても、今が一日のうち『見えない時間帯』なんだったら、全部無駄な努力ってことになるんだね」

「生足くん。無駄な努力なんてないんだよ！」

「その発言が無駄じゃん。旅行中のテンション、普段と違い過ぎるでしょ。ミチルに墨汁とまで評価されたあの暗さはどうしたのさ」

「あれは評価じゃなくて風刺だよ。仲良しになった今から思っても、不良くんのあの発言は許し難い」

「不良くんって呼んでるのを許してもらってる時点で、当時の出来事を蒸し返《かえ》す《む》のは不可能だと思うよ？」

「ううん、わたしは絶対に蒸し返す。不可能を可能にしてみせる」

「ミチルもとんでもない奴を墨汁呼ばわりしちゃったもんだね。せめて夜空とか日陰《ひかげ》とかくらいに、とどめといたらよかったのに」

んじゃ、そんなミチルの様子を見に行こうかと、生足くんは立ち上がった——わたしも名残《なごり》を惜しみつつ（生足くんの生足をさする名残を惜しみつつ）、それに続く。えっと、不良くんが向かったのは、何館だっけ……？　そうだ、孔雀館だ。あそこも変な建物だったし、出された『お年玉』も、変なヒントだったなあ……。

そんなことを考えながら立ち上がろうとしたのがよくなかったのだろう、わたしは足下のでこぼこにつまずくような形になって、ふらついた。

あ、やば。

後輩の前でつまずいてこけると言うだけでも格好悪いのに、こける先は、つまずくくらいになめらかではない岩肌である――擦過傷は免《まぬが》れない。いや、下手をすれば、それ以上の大怪我《けが》を――

どこか他人事のように、わたしが自分の転倒を捉えていると、

「眉美ちゃん！」

と、横合いから、生足くんがわたしの胴体を抱《かか》えてくれた。

先述のように、決して踏ん張るのに適した地形ではないと言うのに、そこはさすがは美脚のヒョータの並外れた脚力である、がっちりわたしを捕まえて、身じろぎもしなかった。

「お……、おおおお」

胴体をリング状にとらえられたので、わたしの上半身は前傾し、結果、顔面の一寸先に尖《とが》った岩が見えるという、戦慄《せんりつ》のシチュエーションでストップモーションしてしまったが、とにもかくにも、危機一髪。

「あ……、ありがとう、生足くん。助かった。でも、もう、胴体離してくれない？　脇《わき》腹《ばら》、くすぐったくて。セクハラだぞ？」

「さっきまであれだけボクの足を撫《な》で回《まわ》していたおねーさんが言うかね」

「まあまあ、そう言わずに。今度、生足くんの足をひたすら撫で回すスマホ用サイトを作ってあげるから」

「どこに需要があるんだよ」

本当もう気をつけてよ、と生足くんは、ぶちぶち文句を言いながら、わたしをその姿勢のまま、軟着陸させてくれた。

「あはは、立ち上がろうとしたときに、ちょうど影に入っちゃってさ……」

本当は考えごとをしながら立ち上がったからつまずいたのだけれど、それも体裁が悪いので、笑って誤魔化しながら、わたしは言い訳がましく自然現象のせいにした——自然現象？

影？

えっと……、いや、それ自体は、さっきから、それに最初から出てきた単語で、今更ピックアップするようなものじゃない。

生足くんが鉄骨の陰に隠れてでもいない限り館の中にいようとその姿は見えるとか、わたしが日陰のように暗いとか……、でも、それは影じゃなくて陰か。

どう意味が違うんだっけ？

それに、わたしの暗さに関して言うと、生足くんは、夜空のようにとも言った——夜空、夜。

一日の半分——半日。

今日はいい天気で、日向《ひなた》にいれば寒さもマシで。

それに——でこぼこの地面。

防風林もない、吹きさらしの立地条件。

「…………」

「ん。どったの？　眉美ちゃん。難しい顔をして」

生足くんに不思議そうに問われて、わたしは、「見つけた。一枚目」と言った。言った時点では、まだ解答も真相も、ぼやけて像を結んでいなかったけれど、しかし、先んじてそう断言せずにはいられないくらい、それはとんでもない解答で、美学のマナブでも、美術のソーサクでもないわたしが言うのもなんだが、美しい真相だった。

ちょっと怖くなるくらいに。

「絵は絵でも——影絵だよ、これ」

5　一枚目——『影絵《シャドウアート》』

影絵がどういうものなのかを、逐一《ちくいち》説明する必要はないだろう——両手を様々な形状に組み合わせて、その影の形で、鳩《はと》とか蟹《かに》とか犬とか狐《きつね》とかを作る、まあ、一種の手遊《てすさ》びだ。

美術館という建築を、立体的な絵として描いたのではないかというわたしの（ありきたりな）推察は、まったく逆だったのだ——こわ子先生は、美術館という建築を、地面という平面に映したのである。

だから烏館は、さながらジャングルジムのような、むき出しの鉄骨作りなのである——烏館という命名も、なんとなくそれっぽいので大して疑問を持ってはいなかったけれど、思えば根拠のわからないものだった。

別に鉄骨が烏のように黒いわけでもないのに……、だが、烏を連想させるほどに黒いのは、鉄骨ではなく、鉄骨の影だったわけだ。

さて、先程、影絵を『手遊び』と表現したけれど、遊びであるがゆえに、それを芸術の域に昇華させることも可能である——館のようなスケールではさすがに見たことがないけれど、鉄クズを組み合わせて、なんだかとりとめのないごちゃごちゃした骨組みを作り、その立体に特定の角度からスポットライトを照射することにより、背景のスクリーンに、人体や風景、生活の様子などを、影絵で表現するというような手法を、わたしくらい造詣《ぞうけい》の浅い人間でも、知っている。

こわ子先生が試みたのは、それだ。

半日しか見えないというヒントは、要するに、どんなに長くとも、太陽というスポットライトが照っている間——すなわち昼間にしか、このアートは鑑賞できないという意味だったのだ。

悪天候の日は、もちろん建物の影はできないから、実際の鑑賞時間は、もっと短くなるだろう——アスリートじゃないが、コンディションに左右される絵画なのだ。

もちろん、一口に昼間と言っても、太陽の角度は一定ではない——地球の自転に基き、一瞬たりともあの天体は同じ位置にはなく、時間と共に、スポットライトの照射角度は刻一刻と変化する。

こわ子先生は、そこまでを計算の上で、烏館を建築していた——朝方にできるのは、ただの影である。

美術館の形が、そのまんま地面に投影されている。

だが、太陽が移動するに連れて、鉄骨の影は互いに重なり合い、干渉し合って、どんどんと崩れていく——そして夕方、太陽の位置が朝方とは真逆に至ったときには。

影の館は、岩肌の地面に倒壊していた。

時間の経過と共にその姿を変え——まるで経年劣化で朽ちていく空き家を見ているようだった。半日という十二時間は、まるで十二年間を短縮したようだった。

特定の角度から光を当てたときだけ成立する影絵ではなく、光が当たる角度によって、成立する姿が違う影絵を、こわ子先生は描いたのだ。

昨日、わたし達が烏館を訪れたときはもう夜だったし、逆に今日、生足くんがあれこれ調べていたのは朝一で、つまり烏館の影がもっとも、ただの影として投影されている時間帯だったから、まあ、見つかるわけがなかったが——わたしが生足くんの足をさすっている間に時間が経過し、太陽光の角度が変わったことが幸いした。

そう。

まるで日時計のように。

「いや、さすっていたことを手柄みたいに言われても……、どっちかって言えば、眉美ちゃんがつまずいたことがきっかけでしょ？」

そうだけど、それだとダサいし。

ただ、でこぼこの岩肌がトリックの一環だったことも、また確かだ——いくらなんでも、すべての角度からの太陽光に対応する鉄骨の組み上げかたなんて、あるわけがない。どうしても、地面に崩れていく館を投影できない角度は生じる。そこは、スクリーンとしての地面の形を変形させることで、こわ子先生は対応した。

防風林どころか草一本生えていない地面のコンディションが、投影先に余計な影を生じさせないためなのは当然として、歩くのも難しいような岩肌に美術館を建てたのは、映し出される影の形を、恣意《しい》的にコントロールするためだった。言うなら影絵のプロジェクションマッピング。

たった一枚の絵を展示するだけの美術館。

その言葉に偽りはなかった——が、それどころでもなかった。

この環境のすべてが、『倒壊する館』なる影絵を描くための仕掛けであり、システムであり——自然環境なのだった。

自然との一体化……、だがそれは、自然との共生と言うような、道徳心に満ちたものとは真逆の、ある種、この人工島だからこそ許されるような、これ以上ない創作活動だった。

そう、むしろ、越えられない自然を、人力で捻《ね》じ伏せるかのような……。

「こんなすさまじい絵を……、こわ子先生は、あと四枚も描いたっていうの？」

七年で五枚……、その重みを、改めてわたしは感じずにはいられないのだった。

「こうして鑑賞するだけで約十二時間かかる絵画か……、見るほうにも、相当の負担が要求されることも、間違いないね」

と、生足くんも言う。

その通りだった。

まさかその点で同じ体験をしてもらうわけにはいかないので、こうしてまとめて説明したけれど、わたしと生足くんは、以上の事実を確認するために、まさしく半日にわたって、寒空の下励《はげ》まし合いながら、たったふたつのおにぎりを分け合って、鳥館に滞在し続けなければならなかったのだ。

一瞬として同じ形を保《たも》たない『躍動する絵画』としての影絵なのだから、一瞬も目を離すわけにはいかなかった——そういう意味でも、見る者を選ぶ絵画であることは、間違いがない。

わたし達も合宿中だから見ることができたけれど、忙《せわ》しない現代社会において、これは万人受けする絵ではないだろう。見ているだけで、十二年分、歳《とし》を取った気分だ……、こんなとんでもないアートをあと四枚も鑑賞していたら、『少年であること』どころの話じゃなくなってしまう。

残る四枚の『見えない絵』が、この『倒壊する館』と統一されたコンセプトで描かれているとは限らないにせよ……、今のところは、美しいと言わなければ、頭がおかしいと言わざるを得ないような真相を発見した喜びよりも、先が思いやられるという気持ちのほうが強かった。

いずれにせよ、野良間島での宝探しは、まだまだ始まったばかりだった。

6 合宿三日目

こわ子先生が野良間島に建てた美術館のひとつ、烏館に展示された絵画を見た際——発見した際、わたしが受けた、感動とはまた違うなんとも名状しがたい気持ちは、一緒に見つけた生足くんとさえ、共有するのが難しいものだった（生足くんも衝撃は受けてはいたけれど、あくまで『ダイナミックなこと考えるなー』と、素直に感服していたようだった。いい子である)。

いわんや、他の四人のメンバーをやだ。

まあ、わたしが口下手なせいもあるだろうけれど……、先輩くんくらい口達者ならともかく、あの作品のトテツもなさは、口で言って伝わる種類のトテツもなさではない。十二時間かけて、その目で見なければ。

あるいは同じ芸術家である天才児くんには伝わったのかもしれないけれど、彼は無口で無表情なので、果たして伝わったのかどうか、確認するすべはない。

ただし、それでも、結果だけ見れば、美術室の鍵を入手するために、見つけるべき五つの絵画のうち、ひとつを発見したことは確かだったから、わたしと生足くんは、リーダーから直々にお誉《ほ》めの言葉をいただいた。

「さすがは美観のマユミに美脚のヒョータだ! 合宿二日目にして、早くも看破するなんて! なんとも美しい探偵活動、そしてパートナーシップだ! これは僕達上長の面目は丸潰《まるつぶ》れだな、なあナガヒロ!」

尊大な小学生に誉められたことは、嬉《うれ》しくなくはなかったけれど、団長から副団長に向けられた最後の一言は、いかにも蛇足だった。

ナガヒロ副団長は、表面上は「ええ、まったく。お恥ずかしい限りですよ」なんて平然と取《と》り繕《つくろ》っていたが、リーダーに対する心服がもっとも深いと推察される生徒会長が、体育会系の一年生&新入りのわたし（クズ）と比べられて、内心穏《おだ》やかであるはずもあるまい。

六人で囲んだキャンプファイヤーの炎が、彼の燃え上がる嫉妬《しっと》心を表現しているかのようだった――むろん、その炎を使って山菜料理を作っていた不良くんも、やはり無表情で無口な天才児くんも、下馬評ではもっともアテにならないと予想されていた美観&美脚コンビが取り立てられるのが、愉快でたまらないというわけにはいかないらしい。

その証拠に、わたしがみんなに、こわ子先生からもらった『お年玉』――つまり、絵画を見つけるためのヒントを教えようとしたときに、

「いえ、私はもうちょっと、ヒントなしでやってみますよ」

「俺も。自力で解きてえしな」

と、犬猿の仲であるはずの生徒会長と番長が、息ぴったりに、受け取りを拒絶したのだった――天才児くんも、ゆるりと首を振った（わたしからの呼びかけに、この御曹司《おんぞうし》がリアクションを取ってくれること自体、希有極まるので、感極まる）。

美しい癖に、可愛くねー奴らだな。

ヒントを使わずにそれぞれが担当する美術館から絵画を発見すれば、ヒントを使用して

発見したわたしと生足くんよりも、上に行けると思っているらしい……、得点を競うようなものじゃないけれど、まあ、この宝探しをある種のオリエンテーリングだとすれば、間違っちゃいない。

「ふむ。では、僕も足並みを揃《そろ》えるとするかな。ソーサクが作ってくれたしおりのタイムテーブルは大幅な変更を余儀なくされるが、あまりさくさく、こうも美しい宝探しを終えてしまうのも粋ではなかろう——僕としては、僕が担当する鳳凰館の絵画を発見し、眉美くんとヒョータが既に鑑賞したという絵画を、十二時間かけて、フルで体感したいものだがね！」

天然で煽《あお》ってるな、このリーダー。

それはそれで、リーダーシップなのかもしれない——『宝島』風に言うなら、キャプテンシーか。

ところで、そうなるとわたしと生足くんにやることがなくなるわけだけれど？

「ふたりは先にゴールした達成者として、他のメンバーのサポートに回ってやってくれ。特に眉美くんは、先生からの『お年玉』を預かっているわけだからね——ヒントが欲しいと音を上げた者を、救済してやってくれたまえ」

ふむ。

手分けしようと、あくまで団体行動か。

『音を上げた者』とか表現されて、ヒントを欲しがるメンバーがいるとはとても思えないけれど……、まあ、鳥館の絵画に、よくも悪くも、あれだけの衝撃を食らったわたしである。

他の四枚に興味がないと言えば嘘になる。

サポートさせていただこう、可愛くない連中を。

そんな感じで晩餐《ばんさん》を兼ねた打ち合わせは終わり、その後は花火などに興じて、冬期合宿の二日目は幕を閉じた——そして三日目。

わたしはこわ子先生のテントで目を覚ました。

わたし達が島に持ち込んだキャンプ用のそれと違って、遊牧民が日常生活に使用しているような本格的なテントなので、寝心地は最高だった——最高だったので、案の定、寝過ごした。

「あたしはあんたを起こす係じゃないのよ、眉美ちゃん」

昨日よりも呆れた風情で、こわ子先生は寝袋にくるまるわたしの背を足蹴《あしげ》にした——教師に足蹴にされたぞ、おい。

教師じゃなくて元教師だけど。

「元教師だってわかった上で、その横でぐーすか熟睡できる神経は、大したものだわ。さすが、五人の美少年どもを周りにはべらして熟睡できるだけのことはあるわね」

「はあ。まあ、昨日はちょっと疲れましたから。半日近くかけて、一枚の絵画を鑑賞させていただいたもので」

蹴《け》り起こされた恨みが、わたしの口調をやや皮肉めかしたものにさせる——これもまた大した神経の発露ではあるけれど、あの作品が見るほうにも多大な負担を強いる絵画であることは、事実である。

まあ、体育会系で、わたしだったらおかしくなってしまいそうな反復トレーニングを日々おこなっているだろう生足くんなら、ここまでのダメージは受けないのかもしれないけれど……、実際、今日も定刻通りに出発したようだし。

「うん。ショートパンツの彼は、雲雀館に向かったみたいだよ。紳士然とした子の、お手伝いにね」

「さいですか」

妥当だろう。

残る四人のメンバーのうち、誰に協力するかというのは、わたし達の自由意志に任されていた——とは言え、実際の選択肢は、そう多いわけでもない。

リーダーに従順という点においては、奔放な生足くんも決して例外ではないのだけれど、ここでまず双頭院《そうとういん》くんのサポートに向かうのは、逆に失礼である。

頼りないと言っているようなものだ。

まあ、正直、何事につけ独特な推理をおこなうあのリーダーが、ひとりで謎を解けるとはちっとも思えないんだけれど、それをわざわざ、あからさまに露見させる必要はない――そこはピラミッド型の組織として、権威は重んじなければならない。

そうなると、残るは三人だけれど、そのうちのひとり、天才児くんには、わたしや生足くんのサポートなど、むしろ邪魔にしかならないだろう。リーダーからのお言葉がなかったところで、彼には、同じアーティストとして、こわ子先生に対するライバル心みたいなものもあるはずだ――安易にヒントを教えるようなことをして、プライドを傷つけたくない。

それはわたしには珍しい仲間思いな気持ちでもあったけれど、忘れてはならないが、彼は指輪学園中等部の有力者なのである――わたしのような一般生徒、その気になれば指一本で弾《はじ》き飛《と》ばせる。

保身の気持ちもないではない。

なので、残るはふたり。先輩くんと不良くん。

生足くんが先輩くんを選んだと言うのであれば（邪魔にしかならないという意味では、博識な先輩くんに対しても天才児くんに対するのと同じことが言えるけれど、生足くんはこの場合、邪魔をしに行ったのだと思われる）、消去法でわたしは不良くんのところに向かうしかない。

消去法じゃなくても、わたしは最初から、不良くんのところに行くつもりだったけどね。

「えーっと、不良くんが担当しているのは、孔雀館でしたっけ？」

「そう。あれは力作だったな……、コストパフォーマンスで言えば、一番効率が悪かったとも言える」

珍しく、しみじみとした風のこわ子先生。

コストパフォーマンスなんて、芸術家には不似合いな言葉だったし、それを言い出したら、この島そのものが、不経済の極みなのだが……。

「あの……、こわ子先生。ひとつ聞いてもいいですか？」

「ん。いいよ。寝顔はむかついたけど、眉美ちゃんがあたしの作品を、あたしの思い通りの形で見つけてくれたことは、嬉しかったからね——作品ひとつ見つけるごとに、ひとつ質問に答えて上げるわ」

度量が広いのか、それとも狭いのか、よくわからない基準である——あれだけ見つけるのが大変だったのに、それで質問ひとつとは、ご褒美《ほうび》としてケチ臭い。

そうでもないか。

思い通りの形で見つけてくれた——と、こわ子先生は言った。

つまり、あの影絵は、基本的に、見つけてもらうために——見られるために描かれた絵なのだ。

だから、見つけるのが大変だったと言っても、いわゆる宝探しとは少し意味が違う。

「自然現象を利用した絵画って視点は、とても新鮮だったんですけれど……、でも、わたしにはあの影絵が、自然との共生とか、一体化とか、そんな風には思えなかったんですよね。あの作品のテーマはなんだったんですか？」

本当はもう少し違う質問だったのだが、こわ子先生に誘導される形で、作品に関する質問になってしまった——まあ、こわ子先生の、自然に対する姿勢を訊きたかったのだから、おおむねの意味は同じだ。

「作品のテーマね。インタビューアが訊きそうなことだ」

こわ子先生は苦笑したが、いけない、気分を害してしまっただろうか。

芸術家は気難しい。

「一言で答えられることじゃないし、意味は色々込められていて、そのすべてが、無意味かもしれない——なんて、曖昧なほのめかしの答を聞きたいわけじゃないだろうから、ここは単純に言うとだね。『自然に勝る芸術はない』って、薄っぺらい言葉があるじゃん？」

「……ありますね」

薄っぺらいかどうかはともかくとして。

あるはある。

聞く機会は多い。

こわ子先生自身、そんなことを言っていた。

自然を越える芸術がないのなら、自然と一体化する絵画こそが至上——しかし、その言葉が皮肉として発されたものならば。

「突き詰めれば、芸術を解さない者の逃げであり、芸術家の謙遜《けんそん》でもあるこの名句に、あたしは反旗を翻《ひるがえ》したい——芸術にとって自然が越えられない壁なら、それを突き崩すまで。あたしは超越した自然に勝ちたいのよ」

「…………」

「自然現象を利用した絵画って言葉。悪意をもって捉えてくれて構わないのよ——地水火風木、すべてがあたしのアートを際立たせるための装置でしかない、ってね」

偽悪的に、あるいは自虐的に言っている部分もあるのだろうけれど、さりとて、まるっきりの虚言、冗談というわけでもなさそうだった。

自然を屈服させている。

と、わたしはあの影絵を見たときに、率直にそう感じたわけだけれど——その感想は、門外漢にしては、ある程度の正鵠《せいこく》を射ていたということか。

野良間島。

この作り物の大自然の中で、いったいこわ子先生は、何をしようとし、そして何をしたのだろう——

「あの……、野良間杯さんが作ったこの島のことを、こわ子先生は、正直なところどう思って——」

「それはふたつ目の質問ね。だから、ふたつ目の絵画を見つけたときに教えてあげる。ほら、着替え終わったんなら、さっさと出て行く。あんたらが青春を楽しんでる間に、あたしにはあたしで、やることがあるんだから、さ」

7　第二の館——孔雀館

こわ子先生のやることってなんだろう。

五つの美術館の建設、五枚の絵画の制作は、既に完成しているはずだ――入島して以来、七年がかりの取り組みは、もう工程を終えているからこそ、こうしてわたし達に、オリエンテーリングとして開放されている。

それはこわ子先生にとって、『後継者』を利用したベータテストのようなものなのだろうし……、まさか本気でヘリコプターが欲しいわけでもあるまいし、もう何の関係のない学校の、美術室の鍵を出し惜しんでいるわけでもあるまい。

だからわたしが影絵を『見つけた』のが嬉しいというのも、素直な気持ちなんだろうけれど……、じゃあ、こわ子先生は今現在、何をやっているのだろう？

次のプロジェクトに向けての準備？

だけど、そう広いとも言えない人工島の面積は、五つの美術館を建てることで、使い切ってしまっている感もある……、ううむ、わからない。

ふたつ目の質問はそれにしようかしら、でも、やっぱりこの島のことを、この不自然な島のことを、こわ子先生がどう思っているかも気になるんだよなあと、つらつらそんなことを考えながら、道とも言えない道（たぶん、こわ子先生の動線。獣道ならぬ芸術家道か）を歩いているうちに、わたしは孔雀館に到着した。

もっとも、眼前に、孔雀を連想させるようなきらびやかな館が、そびえ立っているわけではない——なぜなら、孔雀館は、地下に建設された美術館だからだ。

なので眼前、切り開かれた山の中腹に広がるのは、整然と並べられたソーラーパネルである。

地下に電力を供給するための発電装置が十二枚、南の空を向いている。

太陽発電。

自然派エネルギーという奴だ……、それも、今の気分で見ると、そのまま受け取りにくい言葉ではある。

ともあれ、3×4の長方形に並べられたソーラーパネル、その反対側に、孔雀館への入り口がある——トタン板に取っ手がついただけの、マンホールのほうがよっぽどアーティスティックなんじゃないかと思われるほど、無骨な扉だ。

手作り感が出ていると言えば聞こえがいいが、むしろ感じるのは、いっそいい加減と言っていいほどのこだわりのなさだった……、美術館は建てても住むための家は建てないという点もそうだけれど、こわ子先生は、アート以外の部分に、まったく気遣《きづか》いをしようとしない。

根っからの芸術家……、と、単純に言うのも違うだろうが。

わたしはそうプロファイリングをしつつ、扉を開けて、ぎしぎし音を立てながら梯子《はしご》を降りる——たぶん五メートルほど地面を潜り、こわごわと着地。

その先は短い廊下になっていて、そこを抜けた先が、孔雀館の展示室なのである——基本的に、孔雀館はそれだけの建物だ。

構造としては、シェルターに近い。

鉄骨の館を建てるほうが、かかる労力としては大変にも思えるけれど、しかし、建物ひとつを地下に『埋める』ための穴を（たったひとりで）掘る作業に、どれだけの時間を要するのかなんて、考えたくもない。

なので考えないまま、わたしは展示室に這入《はい》った——部屋の入り口には扉は設置されておらず、人工の光が漏れていた。

展示室の中には、両手をポケットに突っ込んで、ぶっきらぼうな態度で天井を仰ぐ不良くんがいた——そして、それだけだった。

一緒に旅行に来た同級生でなければ、この怖い顔の美少年こそが、展示されている芸術作品なんじゃないかと思うくらい、他に何もない部屋だった——天井一面に、ぼんやりと暖色系に光る電灯が取り付けられていて、でもそれだけで、壁に何もかかっていなければ、床に何も置かれていない。

これではシェルターとしての役目も果たせまい……、核戦争が勃発《ぼっぱつ》してここに逃げ込んでも、一週間で餓死する。

いや、その前に、精神に変調を来すだろう。

何もなさ過ぎる。

暖色系のオレンジ光も、こうなると寒々しい。生足くんだったら凍《こご》え死《し》ぬかもしれない。

「お。眉美か。遅かったな」

不良くんがわたしに気付いた。

その言い草にちょっとむかっとする。

どうせ俺んとこに来るだろうと思っていたと、見透かされたみたいな、屈辱的な気分だった。

「ふん。何よ。待ってたみたいなこと言わないでよ。天才児くんの白鳥館の目処《めど》がついたから、先輩くんのところに行く途中に、寄っただけなんだから」

「そうか。お前の昼用の弁当を、持ってきてたんだが、無駄になっちまったな」

「もちろん最初から不良くんのところに来たのよ。わたしの最終目的地はいつだって袋井《ふくろい》満《みちる》くん」

胃袋を握られていると服従するのも早かった……、昨日は作品の性質上、昼にキャンプ場に戻れなかったから、生足くんとふたり、飢えてしまっただけに。
「不良くんの手料理を無駄にするわたしじゃないわ。今日も今日とて用意してもらってい
た朝ご飯をおいしくいただいてきて今は満腹だけれど、不良くんのお弁当なら満腹でも食
べたい」
「せめて昼まで待て。また飢えるぞ」
意地汚くもがっつくわたしをそう窘《たしな》めつつも、不良くんは天井から視線を逸《そ》らさない
——なんだろう、ひょっとして天井に何かを発見したのだろうか？
初日に見回った際には、電灯があるだけの天井だったけれど……。
「いや、別に。電灯くらいしか見るもんねーだろ、ここ。もしかしたら、あれが永久井の
作品なんじゃねーかって思ってよ」
烏館の『影絵』を思うと、展示されてんのは単純にカンバスに描かれた絵ってわけでも
なさそうだしよ——と、不良くん。
こわ子先生のことを『永久井』と呼び捨てにする辺り、いかにも不良くんって感じだっ
たが、うーん、その思いつきには賛同しかねる。
こうして見る限り、ただの電灯だ。
癒し系のオレンジ色であることを除けば学校の廊下にあるような奴とそう変わらず、取

り立てて創意工夫がなされているとは思えない。

「わかんねーぜ。配置に妙があんのかもしれねー。どんなガラクタも並べかたによっちゃ、現代アートになりうるだろ」

「まあねえ」

その辺、一般人の理解を超えるアートがあるのも事実だ……、絵画に限っても、『え？まさかこれが？』みたいな作品も、少なからず存在する。

そういう難解な作品を目にしたとき、頭ごなしに否定するのは簡単だけど（簡単なのだ）、けれど、その否定が、自身の理解力を否定しているのと同義になると思うと、簡単には口を開けない。

『ミヒャエル・エンデの「モモ」を読んだけど、わけわかんなかったよ』という発言には、相応の勇気が必要である。

「けど、それはなさそうだな。やっぱ電灯は電灯だわ」

その後もしばらく天井を眺《なが》めていた不良くんだが、最終的にはそう結論づけた。美少年探偵団のメンバーを『芸術わかってる組』と『芸術わかってない組』にわけたとき、わたしと生足くんは間違いなく後者で、それに続く三人目は不良くんだと思われるのだが、ただ、彼は意外と前衛芸術には詳しかったりするので、油断ならない。

そんな彼が違うと言うのだから、電灯は、あくまで、展示室を照らすための照明器具なのだろう……、もちろん、その光を受ける物体も、室内にはない。

タイル張りの床にできるのは、わたしと不良くんの影だけだ——アート性はない。

「自然芸術として解釈するなら、展示室のある場所が『土中』であることに意味があんのかね？　土と一緒に生きるってのは、どっか哲学的でもあるしな」

美食のミチルらしい見解だ。

野菜も山菜も、土あってこそである——広い意味では、動物だって、土がなくては生きていけまい。

ただ、こわ子先生の考える自然芸術は、そういう哲学的なそれとも、性質も傾向も違うように思う……、うまく言えないけれど、もっと暴力的で、ある種、サバイバルよりも過酷だ。

「俺とか眉美とかみてーな素人が見てもわかんねー芸術ってのには、どういう意味があるんだろうな？」

不良くんが、今度は壁に近づきながら、誰にともなく言う——誰にともなくとは言え、この場にはわたししかいない。しかし、鳥館において、『影絵』を見つけているわたしを自分とひとくくりにしようとはいい度胸だ。もっとも、残念ながらまったく反論の余地はない。

「さあ。でも、素人が見てもわかんない芸術には、意味がないわけでもないでしょ。わたし、狂言とか能とか、ぜんぜんわかんないけど、だからと言ってなくなっちゃえばいいとは思わないもん」

「お前の命がなくなっちゃえばいいくらいの発言だな」

「思わないって言ったの。高尚だったり、ううん、別に低俗でもいいんだけれど、わかる人にだけわかる、わかんない人にはわかんない、そういう作品があってもいいでしょ。でないと、全部、マニュアル通りのお手本になっちゃうじゃない」

マニュアル通りのお手本だって、あながち否定したものではないのだけれど……、それに、わたしのような素人が『影絵』を発見したことを素直に喜んでいたこわ子先生の考えかたは、また違うかもしれない。

「そう言えば、漫画家を目指す奴だったりは、よく言うらしいぜ。金持ちの部屋に飾られる豪華な絵画を描くよりも、万人に読んでもらえる再生紙作りの週刊誌に絵を描きたいんだって」

「ふうん。いい話だね」

「そうか？ 俺は商業主義だって思うがね。万人を喜ばせることが、たったひとりを喜ばせることよりも価値があるって、決めつけてやがる」

と、不良くん。

わたしを越えるひねくれ者が現れた。反抗期?

「誰にでもわかるように絵を描くのと、わかる人だけわかってくれればいいと思って絵を描くのと、努力の質は変わんねえぜ。だいたい、万人に読んでもらえる百万部のヒットを飛ばせば、漫画家のほうがお金持ちになっちまうだろうに」

やや行き過ぎの彼の風刺に、わたしは「まあ、お金持ちも漫画は読むだろうけどね」と、反抗せず、適当に話を合わせる。

「百万人に売れる漫画は百万人に向けられたもので、千人に向けられたものじゃない……、だから千人のために描かれる漫画もあるべきなのかな?」

「その千人がたったひとりってこともあるんだろうな……、けど、それが案外、百万人に受けちゃったりもするんだろうぜ」

逆説と言うほどでもないが、不良くんはそうまとめて、壁のそばで立ち止まる——どれだけ近づいて、どう角度を変えて見たって、それはただの壁である。烏館同様に、去年のうちに——つまり、一昨日のうちに、わたしが裸眼で確認している。コンクリートの、鼠色《ねずみいろ》のざらついた壁だ。

「芸術を飾る展示室の壁としちゃあ、荒い仕事だよな。永久井がひとりで、しかも機械を使わずにやったんだったら、仕方ないとは言え……、俺がアーティストだったら、この部屋に自作を展示されるのは御免こうむるぜ」

「……ちなみに、不良くんは絵を描いたりとか、するの？　油絵や水彩画じゃなくって、教科書の隅《すみ》レベルだったら」

「まったく。絵心ねーし」

「そっか。不良くんが絵を描くのは、あくまで、お皿の上だけってことだね」

「うまくねーよ。料理なのに」

うまく返されてしまった。

結局、壁へのアプローチからも何も発見できなかったようで、不良くんは部屋の中央へと戻ってきた。

そして今度は、どっかりその場に座り込む。

天井、壁と来て、今度は床をチェックするのかと思ったけれど、そうではなかったようで、

「眉美。まだちょっと早いけど、メシにするか」

と、わたしはランチの誘いを受けた。

喜んで。

そんなわけでわたしも、床に座った——美術館でしゃがみ込むなんてのは御法度《ごはっと》だし、ましてや飲食など、本来は許されるはずもない行為だが、野良間島の五つの美術館に関しては、その例外だろう。

むしろ食べでもしないとやってられない。

「わ。今日のお昼は洋食だね。パンなんてどうしたの？　持ってきたの？」

「永久井が畑で小麦を栽培してたから、陶芸用の窯を借りて、焼いた」

「…………」

「味は期待すんな。小麦に限らず、言っちゃなんだが、永久井は農家には向いてねえみたいだぜ。畑は貧弱だった。その辺に自生してる山菜のほうが、まだいけてる」

美術はともかく、美食のミチルの論評に堪える田畑なんて、そうは作れないだろう……、この番長も、やっぱどっか、ずれてるよなあ。

『その辺に自生してる山菜』にしたって、人工島に、人工的に持ち込まれたものなんだけど……、そう思いながら、わたしはパンにかぶりつく。

うん。

わたしのごとき未熟な味覚の持ち主には、これくらいがちょうどいい。

いくら何もない空っぽの部屋だとは言え、展示室で『おいし過ぎて吐《は》く』という恒例のやりとりをするわけにはいかない……、意味はわからなくとも、この孔雀館もまた、こわ子先生の作品なのだ。

吐瀉物にまみれさせるわけにはは。

「作品と言えば、俺が焼いたパンをお裾分《すそわ》けしたとき、永久井の奴、変なことを言ってたぜ」

「なに？　どんな芸術も、お腹《なか》が膨《ふく》れてから見るものだ、とか？」

「『昨晩のキャンプファイヤーのときも思ったけれど、こんなに火加減の上手なあんたなら、孔雀館の絵を、あっさり見つけちゃうかもね』だってよ」

「火加減？」

窯を借りて焼いたんだっけ。そのことを言っているのだろうか？　だけど、パンを焼くうまさが、どうして見えない絵画の発見に繋《つな》がるのだろう……。

キャンプファイヤー？

えっと……、つまり、火？

「まさか炙《あぶ》り出《だ》しみたいに、この孔雀館を火炙りにしたら、みかんの汁で描かれていた絵が現れるってことなのかな？」

「試せねえだろ、それ。こんな地下で火なんて焚《た》いたら、炙り出しじゃなくて燻《いぶ》し出《だ》しだぜ……、鑑賞する前に窒息する」

そりゃあそうだ。

烏館くらい風通しがよくないと、室内で火なんて、怖くて焚けたものじゃない……、向こう見ずなリーダーだったらやってしまいかねないけれど、火加減がうまい不良くんだからこそ、できない行為だろう。

ただ、そうだ。

こわ子先生が不良くんに、何を言おうとしたのかは定かではないけれど、それとは別に、わたしが託されているヒントがあった――『お年玉』である。

どうやら今日の探索も、正午を待たずして行き詰まったようだし、そろそろ使いどころなのでは……、だが、おかしなことに、不良くんは、『昨晩は生意気なことを言ってすみませんでした。どうかヒントをくださいませ』と、わたしに頭を下げてくる気配がない。

意地っ張りめ。

まあ仕方ないか、ここで折れるようでは、番長の名折れである――彼にはこれからも、指輪学園を裏から守ってもらわなくてはならないのだ。

お昼ご飯もいただいたし、水筒に入った食後の紅茶までいただいたし、ここはわたしが、気遣いができるところをお見せするとしよう。

「あー、そう言えば、不良くん。これは独り言《ひとごと》なんだけれど、聞いてくれる？」

「まったく独り言になってねえぞ。気遣いが下手過ぎるだろ」

「おっと、ちょっと独り言が大きかったかな」

「気取るのも下手だな。俺はお前が可哀想《かわいそう》になってきたよ。もういい、さっさと言え」

わたしが気遣われてしまった。

忸怩《じくじ》たる思いに押《お》し潰《つぶ》されそうになりながら、わたしは、

「『孔雀館の絵画に関して言えば、見ようとする者だけが鑑賞しても、決して見えない』

だってさ」

と、こわ子先生からの『お年玉』を手渡した。

「『見ようとする者だけが鑑賞しても、決して見えない』……、謎かけだな。それこそ、窒息しそうな禅問答だ」

不良くんは怪訝《けげん》そうに眉をしかめた――番長が眉をしかめると怖いな。たまに、この男子が学園でもっとも恐れられる危険人物であることを思い出し、戦慄する。

それは即《すなわ》ち、普段は忘れているということだけれど。

「見ようとしない者が必要って意味か？」

「さあ。考えてみたら、烏館の『影絵』へのヒントだって曖昧で、それ自体から答を導き出せたって感じじゃなかったしね」

解答を思いついてから、検算と答え合わせのためにヒントを使ったようなものだ——たぶん、『お年玉』の利用法は、それで正しいのだろう。

こわ子先生は、答そのものを教えてくれるような、親切な人ではあるまい。

「どうだろうな。俺に『火加減』の暗示をしたりする辺り、元教師っぽいつーか……、教えるのが嫌いってわけでもねーんだろ。向き不向きはともかく」

向き不向きはともかくというのは、要は向いてなくて教えるのが下手という辛辣《しんらつ》な批判のようにも聞こえるが、確かに、少なくとも一時期、こわ子先生が芸術活動よりも教師生活を優先していたことは事実だ。

その辺りも掘り下げて訊いてみたいけれど、質問しようと思えば、不可視の絵画を、更に見つけなければならない——質問の数ばかりが増えてどうするのだ。

気付けば、不良くんは床に大の字に、寝っ転がっていた——その行儀の悪さは、見当のつかなさに嫌気がさしてのことかと思ったが、そうではなく、どうやら彼は、またしても天井を見上げているらしい。

正確には電灯を。

寝転がることで、より正面から、電灯に向かい合おうとしているらしい。

「どうしたの、不良くん。まだ固執してるの？　電灯こそが絵画だって説に」

「固執ってほどじゃねえけど……、やっぱ不自然だなって思ってよ」

「不自然？」

「地上のソーラーパネル、あっただろ？　あれで発電した電力って、ほとんどそのまま、この電灯を稼働させるために使われてるみたいなんだよ。だったら直接、太陽光でこの部屋を照らしたほうが効率がいいって思わねえ？」

そりゃそうだ。

この美術館のためだけに設置されたソーラーパネル——しかし、天井の電灯以外に、電気が使用されている様子はない。

効率が悪い。

……コストパフォーマンスが悪いと、こわ子先生は言っていたっけ？

そもそも不自然と言うなら、ソーラーパネルそのものが不自然なのだ——自然エネルギーと言っても、結局、機械が間に入っている。

太陽光を利用した『影絵』とは、わけが違う——じゃあ、その違う『わけ』を一緒にしたら？

もしも烏館と条件を揃えたら……、『見ようとする者だけが鑑賞しても決して見えない』……、『鑑賞』……。

「電灯を取り外してブラックライトに取り替えたら、一面に絵が浮かび上がるとか、そういうのかね。それも、ある意味では炙り出しだし。だけど、ブラックライトの電灯なんて、言われてぱっと出てくるもんじゃねえよな？」

「そうだね。でも、『取り外す』って案には賛成するよ」

不良くんが、駄目元でしたと思われる発言に、わたしは瞬時に乗っかった——いや、できればこんな馬鹿馬鹿しい案を、自分のアイディアとして出すのは堪忍して欲しかったけれど、思いついてしまったものは仕方がない。

せめて協力してもらおう。この推理の実証は、わたしひとりじゃ絶対に無理だ。こわ子先生は、ひとりでやったんだろうけれど。

「『取り外す』って案には賛成する——ただし、電灯をじゃなくて、天井を」

8　二枚目——『彫刻絵《スカルプチャーアート》』

想像はついていたけれど、大工事だった。

一個の建物から、言うならば屋根を取り外すという作業——しかも、その屋根には、ソーラーパネルが十二枚、乗っかっているのだ。

それこそ効率を考えるなら、残る三つの美術館に散っている美少年探偵団のメンバー全員でおこなうべき作業である。

ただ、この人工の孤島には携帯電話のアンテナなど建っているわけがないし、よしんば建っていたとしても、わたし達は全員、合宿に際して携帯電話を持ってきていない。自然体験だからという理由だ——大長編ドラえもんで『未来の道具に頼ると冒険が面白くなくなるから』と、四次元ポケットを置いてくのと同じである。

それでも、島中を駆け回ってみんなを呼び集めることはできただろうけれど、謎解き《なぞと》の、実際的な労働の部分にだけみんなに協力してもらうというのも、格好がつかないと不良くんは判断したらしい。

意地っ張りなだけでなく、見栄《みえ》っ張《ぱ》りでもあるのか！

いいよ、付き合ってあげるよ！

わたしが発案者だし！

そんなわけで、解体作業に要した時間は、約六時間だった——自分で思いついておきながら『建物の天井部分を取り外すなんて可能なの？』と、半信半疑だったわたしだけれど、まあ、世の中、大抵の『不可能』は、『時間がかかる』という意味である。

体感ではもっと時間がかかったくらいに思ったけれど（二週間くらい）、どうやら、元々天井が取り外しやすいように、孔雀館は地下に埋まっているらしい。逆説的と言うか、逆設的と言うか……。

ソーラーパネルを全部どけて、その下の土も移動させて、むき出しになった館の天井は、簡単に取り外せるトタン板だった——入り口の扉と同じで、ほぼ、プレハブ棟が埋まっているようなものだった。

しかも、その屋根の固定は簡易で、さすがにふたりでは持ち上げることはできなかったけれど、なんとか、引きずるように横にずらすことはできた——そして、館の展示室が、白日の下に晒される。

白日の下に。

つまり——太陽の光が、直接照射される。

浮かび上がったのは、一面の輝く緑だった。

否、一面ではなく、四面か。

四方の壁が、緑色に輝いた——さながら、孔雀の羽が広がるように。

「おお……」

と、不良くんは、らしくもなく感嘆の声をあげた。

現れた絵画に対する純粋な反応でもあるだろうが、長時間に及ぶ重労働が報《むく》われたことに対する安心感でもあるだろう。

わたしと言えば興ざめなことに、天井が取り外せる構造になっていた時点で、自分の推理にどうにか確信が持てていたから、そういう意味では不良くんよりも感動は薄かったかもしれない——その代わり、あったのは、やはり衝撃だった。

もちろん、知っている。

美術に疎《うと》くとも、干渉色くらいは知っている——それは美術というより、理科、あるいは自然科学の分野の知識だ。

細かい凹凸のある面が光を反射する際に、その複雑な構造に乱反射した光同士が干渉しあって、本来の色素には含まれない色を形成することがあるとか、なんとか……、たとえば、無色透明のシャボン玉が、光を受けて虹色《にじいろ》に輝くのも、干渉効果のひとつである。

だから、ただのざらついたコンクリート製の壁でしかなくても、それが通常の太陽光の下に晒されたとき、そこにまったく新しい模様文様が浮かび上がるという『絵画』を描くことも、不可能ではない。

不可能ではない。

ただ、そんな壁の制作には恐ろしく時間がかかると言うだけで……。

要するに、孔雀館の展示室の壁は、コンクリートを荒く塗ったざらついた壁じゃなくて、ナノ単位のでこぼこを微細に手作りし、干渉の結果、緑色の波長だけを反射する、彫刻絵画だった。

コストパフォーマンスが悪いというのは、そういう意味だったらしい――ソーラーパネルのこともそうだけれど、不良くんが言っていたように、ブラックライトを使っても、似たようなことはできたはずなのだ。

しかし、こわ子先生は、あえて逆を行った。

逆説的に――逆設的に。

逆行した――逆光した。

電灯を暖色系のオレンジ光にしたのは、つまり、緑色の波長を含まない光にしたと言うことだった――そんな人工的な光で照らされても、そんな光は反射されず、彫刻絵画は、薄暗い鼠色にしか見えない仕組みなのだ。

今から思えば、一面のオレンジの中、壁が色褪せて見えていたことに、もっと違和感を覚えるべきだった。

それはそれで特殊な電灯で、ブラックライトよりも用意しづらいくらいだろう――あの展示室全体に、いったいどれくらいの馬鹿げた費用がかけられているのか、見当もつかない。

「火加減ってのは、つまり日加減ってことか。烏館の影絵と、そこは同じなんだな。もちろん、この彫刻絵画の場合は、月光の夜だって、それなりに輝いて見えるんだろうが。例のヒントの、『鑑賞』と『干渉』をかけた駄洒落《だじゃれ》はくだらねーけれど、まあ、これくらい働かなきゃ見られねえって作品も、あっていいんだろうな」

人工の光じゃねえ自然な光の下でしか見られねえ作品ってのも、もちろん——と、不良くんは言った。

不良くんは、きらめく緑色の四囲を、そんな風に理解したらしい。

それはたぶん、間違いではないのだろう。

間違いではないのだろうが、だけどわたしは、こわ子先生の教えに従って、それとは、まったく逆の理解をしていた。

緑を否定する美術は、自然を否定する美術だ。

実際には緑じゃないものを緑に見せても、やはり緑ではない。

自然な光の下でしか見られない絵画を、芸術家は、仄暗《ほのぐら》い地下の美術館に封じた——土深く埋めて、美しさに蓋《ふた》をした。

折角仕上げた絵画を、ただのざらついた壁にした——作業と苦心を無にするようなその台なしなる行為こそが、こわ子先生にとっての芸術活動だったのではないか、と。

9　合宿四日目

合宿四日目は、生憎《あいにく》の曇り空だった。

烏館や孔雀館のように、鑑賞にあたって太陽光が必要な絵画を見つけるのには、はなはだ不向きな天候であり、そういう意味では、昨日と一昨日が、晴天と幸運に恵まれていたと言うべきなのかもしれない。

もっとも、晴天であろうと曇天《どんてん》であろうと、わたしはこの四日目の午前中は、自由時間だと決めていた。

堅く心に誓っていた。

団体行動も連帯責任も、確かに大切だけれど、人間にはひとりになれる時間が必要である。

まあ、本当は生足くんや不良くんも誘ったのだけれど、ショックを受けずにはいられないほどすげなく断られた——生足くんは、副団長をからかうのが楽しいらしく、今日も雲雀館に同行するそうだ。

不良くんは、意外にもリーダーが取り組む鳳凰館に向かった。双頭院くんの団長としての面子《めんつ》は重んじつつも、いつまでもひとりにはしておけないと、不興を買うことを恐れず行動するあたり、やはりあの番長、面倒見がいい。

リーダー格ではなくとも、兄貴肌である。

そんなわけで、わたしは、ようやく早起きした四日目（必要のないときに限って早起きする）、朝から当て所《あど》なく、島の外周を散策するのだった。

どちらかと言うと、島ではなく、島を取り囲む琵琶湖のほうを見てしまう。

これぞ大自然。

これが海じゃないなんて信じられない。

よくもまあ野良間杯氏は、たったひとりの芸術家のために、この壮大な湖の中に、島を作ろうなんて思ったものだ——やっぱり、常人の発想じゃない。お金持ちのやることは意味不明どころか、お金持ちだって普通はこんなことはすまい。

そう言えば、何にせよ二枚目の絵を発見することができたので、こわ子先生は、わたしのふたつ目の質問に答えてくれた。

Q・こわ子先生は、この人工島のことを、本当はどう思っているんですか？

A・最高の不自然よ。パトロンのおじいちゃんには悪いんだけれど、正直、最初はそんなに魅力を感じなかった――でも、そこではたと気付いたの。魅力がないなら、作ればいいんじゃないかしら？

だそうだ。

魅力がないなら、作ればいい。

一見前向きで、夢見るアーティストらしいポジティブな答だったけれど、しかし、こわ子先生は、斜に構えた現実の芸術家であって、前向きというイメージも夢見るという印象もない――となると、意味合いが変わってくる。

恐ろしいまでに変質する。

なんだか、甘味がないのなら人工甘味料を使えばいいとか、色合いが寂《さび》しいなら人工着色料を使えばいいとか、そんなことを言っているように聞こえる――もちろん、それが駄目ってことじゃない。

作り物じゃない物作りなんてないのだから。

ただ、『最高の不自然』という言葉の意味を、わたしが感じた風に解釈するならば、こわ子先生がおこなおうとしているのは、自然との共生ではなく不自然との共闘であって、自然との一体化ではなく不自然との一本化である。

鳥館の影絵も、孔雀館の彫刻絵画も。

その美しさを重々認めた上で言わせていただけるなら、この島で作りでもしない限り、およそ受け入れられるものではない——

「…………」

そんなことを考えているうちに、わたしは野良間島を、なんと二周もしてしまった——完全に自由時間を持てあましている。

やむをえない。

自由よりも不自由を求めようか。

そうなると、リーダーのところに不良くんが行って、先輩くんのところに生足くんが行ったのだから、わたしが向かう先は、決定しているも同然だった。

白鳥館。

若き芸術家、天才児くんが取り組む美術館である。

10　第三の館——白鳥館

わたしは運良く、ただの巡り合わせみたいな偶然で、合宿二日目に解けてしまったからそうでもないけれど、解けない謎に三日も四日も挑み続けるというのは、なかなか精神力を要する仕事だろう。

飽きてしまわないように、夜にはキャンプファイヤーだったり花火だったり、それなりにレクリエーションを織り交ぜているものの、よくもまあ、みんな楽しみ続けられるものだ。

それが、美少年探偵団のメンバーたる資質なのかもしれない——わたしには、あるかどうかはなはだ怪しい資質だが。

しかも、団長と副団長はともかくとして、天才児くんは、謎解きを楽しんでいるのかどうか、確かなことが言えない……、感情が表に出ないから、こっちが勝手に類推するしかないのだ。

わたしが到着したとき、生足くんや不良くんと違って、彼は白鳥館の外にいた——白鳥館を外から眺めて、テントから持ってきたと思われるスケッチブックを首からかけて、写生していた。

美術館を描く美少年。

これはこれで絵になる。

もしもわたしに絵心があれば、絵を描いている天才児くんを描きたいくらいだったけれど、あいにく、わたしの画力はおそらく、不良くんすら下回る。

だからと言って、いつまでもこそこそ、木陰《こかげ》から彼の姿を覗《のぞ》いているのも体裁が悪かろう。

「やっほーい！　天才児くーん！　わったしだよー！」

なので、そんな風に旅先のテンションで声をかけてみたものの、天才児くんは、こちらに一瞥《いちべつ》もくれなかった。

いや、聞こえてないわけないだろ。

今から思うと、一昨日の生足くんの、おかしなわたしに対する鈍いリアクションは随分とあったかかったと思いつつ、わたしは天才児くんのところまで歩み寄る。

そして彼の肩越しにスケッチブックを拝見する——激烈にうま過ぎて、適当なコメントが思いつかなかった。

その鉛筆、画像編集ソフトでも入ってるの？

白鳥館という異様な美術館の特徴が、スケッチブックの上に完璧に再現されていて、この絵があったら、もう隠された見えない絵なんて、見つけなくていいんじゃないかとさえ思った。

「………………」

わたしは絶句したままで、本物の白鳥館のほうに目を向ける——鳥館のように鉄骨だけと言うことはなく、孔雀館のように、地面に埋まっていると言うこともない。

そのふたつの美術館に比べれば、一番、建物らしい形状をしている——形状だけは。

だが、白鳥館は、その素材が異様なのだ。

紙である。

白鳥館は、全体が紙でできた美術館なのだ——一枚の紙で構成された建物で、言うならば巨大な折り紙である。紫色の、いったい広げたらどれくらいの面積になるのか予想もできないほどの折り紙で（その紙も、察するに手作りだろう）、二階建てのお屋敷《やしき》を作り上げているのだ。

折り紙もその規模になると、自重で潰《つぶ》れてしまいかねないので、むろん、そこここに補強のための柱（竹ひご？）が通っている——折り紙以外の表現をするなら、そう、青森県のお祭りに担ぎ出されるあれに似ている。

ねぶただっけ。中に明かりこそ灯《とも》っていないが、紙製であるところは同じだ。

紙で作った美術館。

しかし、折り紙はあくまでも折り紙であり、外側がどれだけ屋敷然としていても、その中身は、書き割の裏側みたいなものである——つまり、美術館の中に這入れる構造にはなっていない。

なにぶん巨大なので、這入ろうと思えば、この島にはいない虫みたいに、紙と紙の隙間《すきま》を通ることはできるだろうけれど、そんな窮屈な場所に、まさか絵が展示されているということもあるまい。

中に這入れないから、天才児くんはこうして外で、白鳥館のクロッキーに勤《いそ》しんでいるらしいけれど……、謎解きはもうやめてしまったのだろうか？

退屈して、あるいは所在なくて。

わたしは——たぶん、生足くんも、不良くんも——、同じ芸術家である天才児くんは、こわ子先生の見えない絵画を探索するにあたって、下手な助力を必要としないだろうと、勝手にそう判断していたけれど、しかしそんなある種の遠慮は、彼に疎外感を与えてしまっていたかもしれない。

だとすれば悪いことをした。

「大丈夫だよ！　ここから先はわたしがついているからね、天才児くん！　さあ、一緒に白鳥館の謎を解こう！」

言い知れぬ罪悪感にとらわれたわたしは、天才児くんの正面に回ってそう呼びかけてみたけれど、無表情で無口な彼は、無反応だった。

違うのか。

単にお絵描きに夢中なのか。

不良くんがリーダーのいる鳳凰館に向かったことで、六人がそれぞれ二人組を作る形になったので、わたしは天才児くんのいる白鳥館にやってきたわけだけれど、やっぱりわたしのような凡才児は、邪魔になるだけだっただろうか（自覚はある）。

勝手にやってきて、勝手にテンションをあげていた自分が、急に恥ずかしくなってしまって、「あはは、じゃ、迷惑かけちゃ悪いし、他んとこ行くね」と、その場を立ち去ろうとした。

そうだな、先輩くんのところに行こうか……、いくらあの人が優秀でも、横から生足くんに一日中揶揄《やゆ》されっぱなしじゃ、解ける謎も解けないだろうし。

「いていい」

と。

白鳥館を描く手を止めないままに、天才児くんが言った。

「邪魔だけど、迷惑だなんて思わない」

「…………」

おお？　喋《しゃべ》った？　喋ってくれた？　わたしに？

わたしはにわかに総毛立った。

そもそも、わたしのことを美少年探偵団のメンバーとして、認めてくれているかどうかからして怪しいと思っていた天才児くんが、『迷惑だなんて思わない』なんて、そんな優しいことを言ってくれるなんて、完全に虚を突かれた。

いや、まあ、その前にはっきり『邪魔だ』って言われている事実についてはともかくとして……、これは今年一番嬉しい出来事かもしれない。

まだ一月三日だが。

「そ、そう。じゃ、いてあげてもいいかな」

なぜかツンデレっぽく振る舞いながら、わたしは雲雀館に向かおうとする足を止めた——先輩くんには悪いが、白鳥館の謎が解けるまでの間は、生足くんにからかわれ続けていてもらおう。

そんなわたしの感情の動きをよそに、さっきのは聞き間違いだったんじゃないかというくらい、わたしの可愛くない態度に無頓着《むとんちゃく》に、天才児くんはスケッチブックに鉛筆を走らせ続けていた。ほとんど完成しかけていたのに、仕上げに時間をかけているのだろうかと、もう一度覗き込んでみると、どうやらスケッチブックのページをめくって、新しい一枚を、また一から、描き始めたらしかった。

よくよく見てみれば、初日に見せてもらったときにはほぼ新品だったはずのスケッチブックが、既に半分以上、使用されている……、ひょっとしてこの子は、合宿が始まって以来、ずっとこんなことをしているのだろうか……。

同じモチーフを、淡々と描き続けるその姿は、スポ根チックと言うか、芸術家じゃなくて、生足くんみたいなアスリートを想起させるけれど……、こうして見ると、両者は究極的には、同じなのかもしれない。

考えてみれば、無人島で、ほとんど誰とも会わずに七年間も生活するなんて、根性がなきゃできることじゃないだろう……、わたしも、人付き合いが好きで好きでたまらないという奴じゃないけれど、だからと言って、そんな生活ができるとは思わない。しようとも思わない。

天才児くんはどうなのだろう？

訊いてみたいけれど、たぶん、訊いても例年通り無視されるだろう……、例年と言うほど長い付き合いじゃないけれど、それくらいわかる。

引き留めてもらえたことが、自分でも驚くくらい嬉しくて、ついつい白鳥館に居着いてしまったけれど、圧倒的な会話のなさが息苦しいシチュエーションコメディに変化があるわけでもなかった。

不良くんの言い草じゃないが、窒息しそうだ。

「……そうだ、窒息で思い出した。天才児くん。こわ子先生からもらってる、ヒントなんだけれど」

窒息で思い出したと言われてもわけがわからないだろうが、天才児くんはあくまでもまっすぐ白鳥館を見据えて、こちらに見向きもしない——きみ、本当にわたしを引き留めてくれた子と同一人物？

わたしは構わずに続けた。

「天才児くんは、『お年玉』なんていらないよね」

それは、指輪財団の御曹司は、中学一年生にしてお年玉をもらう側じゃなくてあげる側の人間だろうというような意味合いではなく。

「わたし達と違って、美術のソーサクはこわ子先生と同じアーティストなんだし、条件はイーブンのほうが、やる気が出るでしょ」

先輩くんや不良くんが、わたしと生足くんにライバル意識をむき出しにしていたのとは違う——美術室の屋根裏で、三十三枚の絵を発見したとき以来、天才児くんにとってのライバルは、こわ子先生なのだ。

敵からの塩は受け取るまい、それが好敵手であっても。

天才児くんはここでも無反応だった——無反応だったが、その反応を、わたしは肯定と受け取った。

　変なの。

　わたし、まるで天才児くんのことをわかったみたいなことを言っている……、これじゃあ、団長のことを、あれこれ突っ込めないな。

　ただ、一方で気がかりなのは、こわ子先生から預かっている『お年玉』の内容が、白鳥館に限っては、相対的にはやや特殊と言うことだった。それもあって、天才児くんには言いにくいという事情もある――わたしだったら、こんなアドバイスを受けたら、却ってやる気をなくしてしまうかもしれない。

『他の四つの絵画とは違って、白鳥館に展示した作品だけは、合宿中に見つけられなくても、あんたらの勝ちってことにしてあげてもいいよ』

　……他のヒントと比べて明らかに毛色が違った。

　試合放棄とまでは言わないけれど、少なくとも、勝負の最中に言い出すようなことではない……、けれど、こわ子先生が、単なる意地悪であんなことを言ったとも思わない。思えない。

　だって、白鳥館に挑んでいるのが天才児くんだと知った上で、彼女はそう発言したのだから――うーん、わからん。

別に、鳥館や孔雀館の絵画が、『見つけてみれば簡単だった』とは思わないし……、あれ以上の難易度で隠されているのだとすれば、確かに、白鳥館の絵画を見つけるのは、わたしには無理かもしれない。

「だいたい、白鳥館って名前なのに、紫色の折り紙ってのがわかんないのよね。どうせなら真っ白い折り紙で作ればいいのに」

無言でいるのがしんどかったので、芸術作品に難癖《なんくせ》をつけて見たけれど、しかし、案外これは、わたしにしてはいい難癖だったかもしれない。

それぞれの美術館の鳥の名前は、これまでの傾向を見る限り、ランダムにつけられているわけではない——鳥館の鳥は、日差しで作られる影絵の黒を表現していて、孔雀館の孔雀は、日差しで現れるきらめく緑を表現していた。

ならば、この白鳥館の白鳥も、何らかの何かを暗示しているのでは？

天才児くんにそう進言しても、いいものかどうか……、こわ子先生からのアドバイスは敵からの塩でも、仲間のわたしが送る分には、受け取ってくれるだろうか。

さっき、『眉美先輩がここにいてくれるだけで心強い』と言ってくれたことだし（言ってくれてない。そして思えばわたしは、天才児くんから名前を呼ばれたことはない）、その気持ちに応えるつもりで——天才児くんが謎解きを諦めてお絵描きに興じているのでない限り、参考にしてくれるはずだ。

「ねえ、天才児くん。白鳥が紫色なのは、何か意味があるのかな？　たとえば、白鳥がチアノーゼを起こしているとか」

未《いま》だ窒息という言葉に引っ張られているわたしだったけれど、天才児くんは、またしても無反応だった。

その無反応を、わたしは『色の違和感には既に気付いている』という意味だと受け取った――あれ、さっきから、なんだか意志疎通ができるようになってきてる？

もうちょっと本気で読み解いてみようと、わたしは眼鏡を外した――初日したように、白鳥館を見るのではなく、天才児くんを見るために、自分の視力を行使する。

わたしをずっと悩ましてきたこの視力を、こんな風に使うのは初めてだったけれど、しかし、今までどうしてこう使おうと思わなかったのか、不思議なくらいだった。

天才児くんの、ぞっとするほど整った無表情は、こう言っているように見えた。

『白鳥のイメージは、別にある』――と。

合っているかどうかわからないし、わたしの視力をもってしても、天才児くんの表情がこれっぽっちしかわからないことに戦慄を覚えたが（正直、もっとわかると思い上がっていた）、なに？　白鳥のイメージ……？

白いってだけじゃないの？　白い鳥で白鳥なんだから、それ以外の印象はないけれど――あとは、せいぜい、あの道徳的な標語くらいだ。

優雅に泳いでいるように見える白鳥も水面下では必死に両足を掻《か》いている、見えない努力が大切なのだと言うような――見えない努力。

それが見えない絵画を意味しているのだろうか？　でも、それなら、鳥館も孔雀館も、条件は同じだし……。

「……じゃあ、水かしら？」

ふと、思いついた。

沈黙が重かったせいで、考えるくらいしかすることがなかったから思いついたことだったけれど、何のきっかけもなかったわけではない――天才児くんとは違って、わたしはこわ子先生のヒントを利用した。

ただし、『お年玉』ではなく、ちょっとした発言のほうだ。昨日、孔雀館に向けて出発する前、彼女はこう言っていたのだ。

『地水火風木、すべてがあたしのアートを際立たせるための装置でしかない』

地水火風木――自然を表す、五つの漢字。

そして、この野良間島にある美術館が五つなのが、偶然でなかったとしたら。
影絵を地面に投影する烏館が『地』だとして、日光の干渉で緑をきらめかせた孔雀館が『火』だったとすれば、残る三つの要素のうち、白鳥と言えば――水だろう。

水面下の努力。

だからどうってわけでもないんだけれど……、だいたい、紙で作られた美術館に水なんて、相性はむしろ悪過ぎだろう。

琵琶湖からバケツで水をくんできて、美術館の外壁に浴びせてみれば、あら不思議、折り紙の裏地に描かれていた絵画が浮かび上がるなんてことは……、あるかもしれないけれど、そんな取り返しのつかないことは、試せない。

あれだけ分厚い紙なんだし、竹ひごの支えもあるし、水をかけた途端にぐしゃりと潰れるとかはないだろうけれど、それでも、防水加工がされているわけでもあるまいし、傷んでしまうことは避けられまい。

「ああ、でも、取り返しのつくアプローチってことなら、天才児くん、一度この巨大な折り紙のお屋敷を、開いてみるって言うのはどうかな？　そうしたら、折り畳まれて見えなくなっている部分に、こわ子先生の絵が描かれているのかも……、折り紙が紫色なのは、白だったら裏地が透けちゃうからって言うのは……」

孔雀館に続けての解体工事になってしまうけれど、先例があるだけに、実現可能なプランにも思えた。

でも、孔雀館と違って、竹ひごでがっちり補強されているから、固定部分を破壊せずに解体するのは無理か……、不可逆な解体は、気が進まない。

「だいたい、折り紙の裏地に仕掛けがないことは、わたしが初日に確認しているんだよね。色をつけて透けにくくしても、わたしには通じないし……、それはこわ子先生にも、もうわかってることだし……。あくまで紫色に着色された、ただの紙……、たとえ白鳥館の名前の由来は別にあるとしても、じゃあ、なんで紫色なのかって謎は、残ったままだよね」

紫はミステリアスだからかな?

そう、わたしのイメージカラーのように——

「まゆ。謎はもう解けている」

一瞬、神様が話しかけてきたのかと思ってびくっとなった——もちろん、この場面にはわたしと天才児くんしかいない以上、発言の主は天才児くんだった。

既にこの本における発言義務を果たし終えたはずの天才児くんの、間を空けない二言目に、わたしは仰天を禁じ得なかったが（あと、『まゆ』って、名前呼びを飛び越されたことにも仰天を禁じ得なかったが。先輩ですよ?)、続いた言葉は、更に仰天すべきものだった。

「初日に、まゆを思わせる紫色を見たときに、解けていた。だから今はただ、待っているだけだ」

「待っているだけ……?」

何を?

天才児くんの言っていることがまったくわからないまま(まゆ?)、反射的にわたしがそう訊こうとしたとき——水。

水が、わたしの頰《ほお》を打った。

頰だけではない、髪も、肩も、胴も、足も、あっと言う間に水浸しになった——わたし達のいる場所が、さながら水面下になった。

いわゆるゲリラ豪雨である。

11　三枚目——『水絵《ウォーターアート》』

なまじ、わたしは二日目にこわ子先生から『お年玉』を預けられていたので、この白鳥館の展示物は、五枚の絵画の中で、もっとも見つかりにくく、もっとも巧妙に隠されたものなのだろうと思い込んでいたけれど、しかし、あれは、答がわかってみると、そう単純なアドバイスではなかった。

むしろ見つかるときは、一番最初に見つかっても不思議じゃなかった——こわ子先生のヒントは、要は『合宿中に雨が降るか、降らないか』を問うていたのだから。

雨が降らない限り、見られない。

白鳥館の絵画は、そういう絵画だったのだ。

本日の曇天を受けて、烏館と孔雀館について、『曇り空の日は見られない』というようなことを思ったけれど、そりゃまあ、五日連続で日光が一筋も差さないみたいなことは滅《めっ》多《た》にあるまいが、五日連続で雨が降らないくらいのことは、ままある気候だ。

烏館が『運が良くとも半日しか見られない絵画』を展示しているなら、白鳥館は、『運が悪ければ、一週間以上見られない絵画』だったわけだ——ともかく、わたしにとっては突然の、天才児くんにとっては待ちかねたゲリラ豪雨を受けて。

びしょ濡《ぬ》れになった白鳥館は、その水の中で、真の姿を現した。

紫の折り紙があますところなく——あっと言う間に真っ赤に染まった。

隅々まで真っ赤に塗り変えられた。

さながら、雨が絵の具となって、白鳥館という画用紙を色づけ、彩っていくように——けれど、雨がやんでも、カラフルでビビッドな、鑑賞者の目も心も奪う、赤色が消えることはなかった。

わたしも天才児くんもずぶ濡れて、白鳥館自体も負けず劣らずずぶ濡れて、竹ひごがなければ潰れてしまいそうな折り紙が、かろうじて原型を保っているようなものだったけれど、それは頼りなさよりも儚《はかな》さのようで、幻惑的だった。

取り返しはつかない。

元には戻らない。

だから、水をかけるような実験はできないとわたしは結論づけていたけれど、それこそ無粋《ぶすい》な気遣いだったのだ——降雨のたびに建て直す。

白鳥館は、そういう美術館なのだ。

紙の館だから水に弱そうと思い至った時点で、『じゃあ雨降りのときはどうするんだろう』と、気付くべきだった——しかも、この結果を受けて、『これならわたしはニアミスだったね。ほとんど答を思いついていたようなものだった』と、自分を慰めることもできない。たとえ琵琶湖から汲《く》んできた水を万遍なくかけても、同じように、白鳥館が赤く染まったとは限らないのだ——だから、初日に解答に至りながら、寡黙にも天才児くんは、三日間待ち続けたのだ。

館の絵を描いていたのは、このあとは潰《つい》えるしかない白鳥館を、せめてスケッチブックに残しておこうという配慮だったのか、それとも単なる暇潰《ひまつぶ》しだったのかは定かではないけれど、ともかく、白鳥館を濡らすのは、雨でなければならなかった。

より正確に言うなら、雨は雨でも。

酸性雨でなければならなかった。

「リトマス紙……、だから紫だったのね」

リトマス試験紙だったり、リトマス用紙だったり、まあ言いかたはいろいろあるけれど、誰でも知っているはずだ——小学校の理科で、習ったことがあるはずだ。

酸性に反応して赤くなり、アルカリ性に反応して青くなる、例の付箋《ふせん》みたいな紙である。

その紙が巨大な折り紙となって、美術館を構成していたのだと思っていただきたい——乱暴な説明だけれど、それでおおよそ、白鳥館の全容が詳《つまび》らかになる。

確か、リトマス色素は、リトマスゴケっていう植物から取れるんじゃなかったっけ……、だとすれば、これもまた自然を利用して作られた折り紙だったし、また、雨だって日差し同様、自然現象だ。

いにしえより人間が、日照り干魃《かんばつ》に悩まされてきた歴史を思うと、雨の日しか鑑賞することが叶《かな》わないこの絵画は、人知の及ばない雄大な自然を表現していると、そう評論できなくもないけれど——けれど、違う。

うがった見方かもしれないし、わたしにはもう、こわ子先生の姿勢に偏見があるからそう思うのかもしれないけれど、違う。

これはやはり、自然への挑戦だし。

もっと端的に言えば、侮辱でさえある。

だって、酸性雨は、人間による環境破壊のはしりなのだから——雄大な自然に、人知が十分に及んでいることを、わたし達は、この絵画から学ぶのだ。さながら血の雨で染まったような赤い館を見て、人の人らしさを思うのだ。

自然には勝てない、なんて。

なんて無責任な言い訳なんだろう。

たとえ豪雨により家屋が倒壊しようと、仮に水害で家屋が流されようと、何度でも建て直す——何度でも立ち上がる。

それが人間。

「ところで天才児くん。わたしが言うのもなんだけれど、せめてせめて、まゆ先輩くらいにならないかな?」

ならなかった。

12　合宿五日目

細かいことを言えば、雨とは多かれ少なかれ酸性の傾向を持つので、たとえ野良間島を襲ったにわか雨が酸性雨でなかったところで、白鳥館の紫は赤へと変色したことだろう。

その点からしても、こわ子先生は別段、環境保護や環境破壊をテーマに、社会派アートとして白鳥館を建てたわけではないはずだ——ならば何のためなのかと言えば、これがさっぱり意味不明である。

そう言った観念的なことはともかく、実際的に、合宿四日目、一月三日に琵琶湖に降った激しい雨は、美少年探偵団（と言うか、不良くん）が建てたテントを、綺麗さっぱり洗い流した。

なので、四日目の夜は、みんなでこわ子先生の、風雨にびくともしないテントで、夜を明かすことになった——こわ子先生を囲んで、主にこれまで発見した三つの絵画について、和気藹々《わきあいあい》と話し合った。

残念ながら、ほとんどはぐらかされて、四つ目の絵画、五つ目の絵画についての追加情報は得られなかったけれど、しかしながら、わたしと天才児くんが三つ目の絵、水絵《ウォーターアート》を発見したことは確かなので（厳密には、初日の時点で天才児くんは推理を終えていたのだから、わたしの手柄になる部分はひとつもないのだが、わざわざそんなところまでフェアに開示する必要はなかろう）、こわ子先生は『約束通り、眉美ちゃんからの、三つ目の質問には答えてあげるわ』と言った。

訊きたいことは、日を追って増えていく一方なのだけれど……、雨が降るたびに建て直しを余儀なくされる白鳥館を体験したその夜に問いたいことは、ひとつだった。

「こわ子先生が、この島でおこなっている芸術活動って、コストパフォーマンスが悪いどころか、およそ採算が取れるものじゃないと思うんですけれど……、野良間杯氏からの投資に対して、こわ子先生は、いったい何を返しているんですか？」

「野良間のおじいちゃんがあたしにしてくれているのは、投資じゃなくて散財よ。あたしみたいな変わり者を、自由にしてみたら、いったい何をしでかすのか見てみたいって気持ちなんでしょ」

「はあ……」

「酔狂って意味じゃ、芸術家はお金持ちの、足下にも及ばないのよ。あのおじいちゃん、遊び人は遊び人でも、自分が遊ぶんじゃなくて人に遊ばせるタイプの遊び人だから。もっとも、七年間この島で暮らして、五つの美術館を建てた今、散財してもらった分は、もう返したって感じかな」

だから見えない絵画は、あたしからおじいちゃんへの餞別《せんべつ》なのよ――と、こわ子先生は独り言のように言った。

つまり、唯一、質問に対して答らしい答を返してくれた局面でも、こわ子先生の言うことは意味不明だったわけだ。

その他、指輪学園の現在の様子や、こわ子先生が勤めていた頃の武勇伝などを話しているうちに、夜が更けた。

元教師の前であまり遅くまでお喋《しゃべ》りに興じるわけにもいかず、わたし達は明日に備えて、各々寝袋に入った。

残る美術館はふたつ。

雲雀館と鳳凰館。

13　第四の館――雲雀館

「お待たせしました、先輩くん！　わったしだよー！」

「あなたですか」

今日は朝から活動するスケジュールになっていたので、わたしは予定通りに寝坊した——例によって、みんな出発した後だった。

もう誰もわたしを待ってくれない。

誰もわたしを構ってくれない。

と、いったん落ち込んだ振りをしてこわ子先生をやり過ごし、まあ別にこっちから追いかけるだけだからいいんだけれどと立ち直り、わたしが向かったのは、残る雲雀館と鳳凰館のうち、雲雀館のほうだった。

理由があります。

昨夜、就寝前の、最後のミーティングの流れからして、どうも今日は、不良くんだけでなく、生足くんも天才児くんも、鳳凰館のリーダーのサポートに回りそうな気配を感じたからだ。

まだ謎が解けていないという点においては、副団長の担当する雲雀館だって同じなのだが、けれど、いよいよ合宿が終盤に差し掛かってきた今、四の五の言っていられなくなってきた。

絶対権威である団長が、謎解きを楽しんでいるのを横合いからサポートするなんてのは礼を失した行為であり、恥をかかせるようなことはできないと言うのが、これまでの方針だったけれど、しかし、最悪の展開が『他のみんなは謎が解けたけれど、団長だけが謎が解けなかった』であることに、みんなどうやら気付いたようだった。

だから一気に偏った。

手の空いている者は、みんな鳳凰館に向かった——寝坊したわたしを除いて。

除かれたわたしは、せめて少しでもバランスを保とうと、副団長のおわす雲雀館を訪れたというわけだ。

「常に少数派の味方！　こんにちは、瞳島眉美です」

「善人みたいに聞こえますけれど、実際にいたら、そこそこ迷惑な性格ですね」

ポーズを取ってみたけれど、先輩くんは冷たかった。いい声で冷たくされると、実際以上にぞくぞくする。

まあ、常に少数派の味方って、ただのひねくれ者だしね。

それでも、わたしまで鳳凰館に行ってしまったら、人間のできた先輩くんも、さすがに寂しいんじゃないかと思ったのは偽らざる本心なのだけれど、どうやら余計なお世話だったようだ。

「ええ、余計なお世話ですね。なんでしたら、今からでも、リーダーのサポートに向かってもらっても構いませんよ。できることなら私も、この雲雀館の謎を投げ出して、駆けつけたいくらいなのですから」

冗談っぽく言っているけれど、それこそ、副団長としての偽らざる本心だろう――彼が持ち場を放棄したら負けになってしまうから、雲雀館にとどまっているだけなのだ。

なので、一刻も早く、ここに隠されている絵画を発見し、リーダーの元に向かおうと、先輩くんは考えているはずである。

「お察しします！　でも、安心してください！　わたしが来たからにはもう大丈夫！」

「不安要素しかありませんよ。なんなんですか、そのテンション」

旅先プラス寝起きプラス空腹のテンションだ。

なんと今朝は、不良くんがわたしのためのお弁当を用意してくれていなかった――あの野郎、わたしの胃袋よりも、リーダーとの同行を優先しやがった。

もう一生口利かない。

「そんなわけで、不良くんに会いたくなかったからこちら側に来たというのもあったりなかったり」

「自業自得なのに怒り過ぎでしょう。二日目はともかく、三日目と四日目は、ヒョータくんに横から邪魔され続けたから、ほぼ取り組めなかったと言うのもあるんですけれどね……、ようやく一人になれたと思ったら、今度は眉美さんですか」

やれやれと、生徒会長は肩を竦めた。

そうか、先輩くんにしてはやけに手間取っていると思っていたけれど、その主たる理由は、生足くんが妨害行為をおこなっていたからか……。

「ご心配なく。わたしは先輩くんのことを、ロリコン野郎とからかったりしません。小学一年生の婚約者にも意図せず会ってしまいましたし、これからは先輩くんのそういう趣味を、理解していこうと思っています」

「ヒョータくんとまったく同じからかいかたをしています」

先輩くんは、とても嫌そうな顔をしたけれど、しかし、わたしを追い返そうとはしなかった——よかった、どうやら手助けする許可をいただけたらしい。

物腰柔らかな割にプライドの高いお人だから、ただ協力を申し出ても断られると思ったので、かくのごとくあれこれ趣向を凝《こ》らしたけれど、この分なら普通に登場していても、結果は同じだったかもしれない（趣向を凝らした分だけ無駄に嫌われてしまっただろうから、違う結果であるとも言える）。

言い換えればわたしの助力を受け入れるのもやぶさかではないほど、先輩くんは鳳凰館に駆けつけたいと思っているのだろう——その忠誠心にほとほと感服しつつ、わたしは入館した雲雀館を、内側から見渡す。

谷底という立地条件はともかく、建物自体は、五つの美術館の中で、もっとも美術館らしい美術館である。

鉄骨だけではなく、壁も天井もあるし、地中に埋まってもいないし、紙でできてもいない——谷底の形状に合わせて、長屋風と言うか、鰻《うなぎ》の寝床みたいな長方形になっているけれど、まあ、こういう意匠のデザイナーズハウスだと言われたら、納得できるかもしれない。

建物内部も、孔雀館みたいにがらんどうと言うわけではなく、パーティションでいくつもの部屋にわけられている。ソーラーパネルも設置されていないから、採光のための小窓が各所に配置されていて、『シェルターに閉じ込められている』なんて錯覚を抱くこともない。

そう。

一枚の絵画も展示されていないことを除けば、通常の美術館と言ってもいい——違和感がなさ過ぎて、逆にとっかかりがないのが、この雲雀館なのだった。

ある意味、美少年探偵団きっての常識派、ブレーンでありプレーンの咲口長広が取り組むのに相応《ふさわ》しい美術館だ。

鳥館の場合は鉄骨だけの館というのが、そのまま答みたいなものだったし、孔雀館の場合、不良くんは天井の電灯から気付きを得た。天才児くんは、白鳥館の紫色から——じゃあ、この雲雀館は、何から真実に到達すればいい？

「強いて言うなら、手掛かりは谷底という立地条件でしょうね。いくらなんでも交通の便が悪過ぎます」

確かに……、まさかラペリング降下で来館するわけにもいかなかったので、ここに来るまで、わたしはまるで川を遡《さかのぼ》るような形で、かなり島を大回りする羽目になった。

行き来するのがこんなに大変なのだから、建てるのはもっと大変だっただろう……、真上から吹き下ろされるような風は半端《はんぱ》じゃなく強いし、昨日みたいな雨が降り続いたら逃げ場はないし、夏になったら、遮るもののない直射日光に晒されて蒸《む》し焼《や》きみたいになるだろうし、環境はほぼ最悪と言っていい。

鳥館が建てられていたごつごつした岩肌に、影の形を調整するための、立体的なスクリーンとしての役割があったとするならば、この谷底にも、与えられた意味があると見るべきなのか……？

「芸術作品は、見るほうも相応の労力を払うべきって言うのが基本姿勢みたいですから、簡単には来られない場所に美術館を建てるっていうのは、こわ子先生らしいなって思います」

「団長風に言うなら、美学ですね」

頷《うなず》く先輩くん。

しかし続けて、

「対価を払わず見られる絵には価値がないとは、私は思いませんが」

と言った――ふむ。

この忠実なる副団長も、ありとあらゆるすべての価値観を、偉大なる団長に揃えているわけでもないらしい。だからこそ、副団長の任を与えられているのかもしれない。

確かに、無料には無料ゆえの値打ちもあろう。

安価には安価の価値がある。

いいものが全部高価になってしまったら、わたし達は漫画も読めない。

「もちろん、『値段がつけられないほどいいもの』だって、あるべきですがね。しかし、それは一般論であって、制作者の意図通りに苦労してやってきても、何も飾られていないと言うのでは、詐欺《さぎ》にあったようなものです。昨夜話させてもらったときに確信しましたけれど、正直なところ、永久井先生は、私の理解を超えていますね」

「たぶん、パトロンの野良間杯氏だって、こわ子先生のことを決して理解してるわけじゃないと思いますよ」

理解できないからいいんだと言うのも、芸術に対する評価としてはアリだろう――わたしがただの観光客だったなら、そう言って逃げてもいいのだけれど、しかし、帰りのヘリがかかっているとなれば、話は別だ。

そうでなくとも、消化不良である。

三つの美術館の、三つの絵画を鑑賞してしまった以上、わたしは残る二つの絵画も、見届けなければならないと思う。

「えーっと、先輩くん。これは独り言なんですけれど、聞いてくれます？」

「なんでしょう、眉美さん」

突っ込んでくれないあたり、冷静に見える副団長にも、あんまり余裕はなさそうだ。最高だぜ。

「預かっていたこわ子先生からの『お年玉』です。今度こそお納めください。『音楽室の鍵もあたしが持ってるから、雲雀館の絵画だけでも見つけたら、オマケであげるよ』ですって」

「……？　音楽室？」

断わられないように早口でまくしたてたわたしに、先輩くんは首を傾《かし》げた。

「音楽室って、あの……」

「はい。この間、先輩くんがわたしの身体をべたべた触りまくった、あの音楽室です」

「その説明はいりません。どの音楽室かくらいはわかります——けれど、どうしてここで、音楽室の話が出てくるのですか？」

それがわからないからヒントなのだ。

一見、白鳥館を担当した天才児くんへの『お年玉』に似ているようだが、しかし、美術教師だったこわ子先生が、（美術室と同じように、現在使用されていない）音楽室の鍵を持っているわけがない。

完全なる空手形だ。

だから、この言葉は額面通りに受け取るべきではない——裏の意味を読み解くべきなのである。

「わたしもここに来る前に推理してみましたけれど、先輩くん、指輪学園中等部の音楽室のレイアウトが、ヒントになるってことはありませんか？」

「考えられますが、しかし、取り立てて特徴のない、何の変哲もない音楽室ですよ。防音壁にグランドピアノ……、五線譜の描かれた黒板……、長年使われていない分だけ散らかっていましたが、それは関係ないでしょうし」

美術室の天井裏にこわ子先生の絵が隠されていたように、音楽室の天井裏に、何か、この状況を解決するような材料が隠されているとか……、でも、遥《はる》かかなたの学園校舎に隠されているヒントなんて、何の参考にもならない。

これまでの、三つの『お年玉』の傾向を受ける限り、結構こわ子先生は、直截的《ちょくせつてき》と言うか、わかってみればそのまんまなヒントを出しているようだから、あまり複雑に考え過ぎるのもよくない。

音楽と美術の違いか。

同じ芸術として捉えることも、できなくはないけれど……、でも、音楽は美術よりも、いくらか間口が広い感じなのかな？

「学問の中で、音楽だけは、『学』じゃなくて『楽』って書くって、よく言いますよね。まあ、指輪学園のカリキュラムからは、その楽しみもなくなっちゃってますけど」

「ふむ。ですね。分野が音楽と来るなら、もしもこの場に踊《おど》さんがいたならば、そのヒントから閃《ひらめ》きが得られたかもしれませんが、私にはあまり、ぴんと来ませんね」

「踊さん？　誰ですか？」

聞き慣れない名前にわたしが問いただすと、先輩くんは露骨に『しまった』というような顔をした——露骨過ぎて、性格の悪いこのわたしが、追撃の手を緩《ゆる》めてしまったくらいだ。

どころか、「そう言えば」と、救いの手を差し伸べてしまう。

わたしとしたことが、なんて甘さだ。

「これ、昨晩は言ってなかったですけれど、白鳥館の謎を解くときに、『地水火風木』の五大要素が、それぞれの館を表しているんじゃないかって、わたしは推測したんですよ。結局、天才児くんは、そんなわたしのヒントとは関係のないところで、とっくに謎解きを終えてたわけですけれど……、烏館が『地』で孔雀館が『火』、白鳥館が『水』だったとするなら、この雲雀館は、『風』か『木』か、どっちなんでしょうね？」

「それは——」

性格の悪い後輩が、配慮して話を戻したことに気付かない先輩くんでもあるまいが、しかし、そこは最上級生として、わたしに話を合わせてきた。たぶんわたしに足りないのは、周囲からの好意を素直に受け取るこの振る舞いだ。

「——ここだけを見たらなんとも言えませんが、リーダーが担当した鳳凰館が、いかにも『木』をテーマにしていますからね。消去法で、『風』と判断するのが適当でしょう」

「でしょうね」

うん。それくらいの消去法ならわたしでもできる——わかってて訊いてあげたのだ。

己の確かな成長を手ごたえをもって実感しつつ、

「確かに、ここは谷底だから、真上から吹き下ろしてくる風が強いですもんね。体感的には、この外、烏館周辺よりも寒いくらいでした。だからと言って、まさか風を展示しているというわけじゃないんでしょうけれど……」

と、わたしは頷く。

五大要素とは別の見方をするなら、『太陽』を利用した絵画があって、『雨』を利用した絵画があったのだから、『風』を利用した絵画があっても不自然ではない。

自然だ。

でも、こわ子先生が作りたいのは不自然のほうではなかっただろうか？　不自然な風……、でも、風は、要は空気なのだから、見えないのが当然であって……、だからこそ『見えない絵画です』と言い張るのは、いくらなんでも無理がある。

不自然じゃなくて、無理なのだ。

「風を展示？　今、風を展示と仰いましたか、眉美さん？」

と。

今度は先輩くんが、わたしを問いただしてきた。

なんだ？　この人、恩知らずか？

わたしが深い考えもなく漏らした一言を、意地悪くもねちねち、掘り下げてくるつもりか?

ならばこっちにも考えがある。

「いえ、言ってません」

「……だったら、謎解きの手柄を、あなたとシェアすることができなくなりますよ?」

「え?」

「思いの外時間がかかってしまいましたが、なんとか攻略させていただきましたよ、雲雀館」

否——攻略ではなく鑑賞ですか。

そう言って先輩くんは、わたしに向かってウインクし、優雅に口笛を吹いたのだった。

ウインクお上手!

14 四枚目——『音絵《サウンドアート》』

鑑賞者に一定の負担を強いるのが、野良間島の美術館なのだとすれば、到着までの負担はともかく、これまでの三館に比べて、雲雀館の入館料は格安だったと言っていい——館内のあちこちにある窓を、全部開け放つだけでよかったのだから。

始めから終わりまで約十二時間もその場にい続けなければならない烏館、天井の撤去作業をおこなわねばならない孔雀館、降雨までひたすら待たねばならない白鳥館に比較すれば、まあ、二人がかりならば、そう大変な仕事ではなかった。

説明好きの先輩くんにしては珍しく、事前に事情を教えてくれなかったので、わたしは意味もわからないままに、その作業に取り組んだのだけれど、しかし、最後に美術館の入り口と非常口を開け放ったとき、否《いや》が応《おう》でも、答はわかった。

百聞は一見にしかず——ならぬ。

百聞は一聴にしかず、だった。

谷底をめがけて真上から吹き降りてきた風が、長細い構造の雲雀館を——通り抜けた。

わたしと先輩くんは、そのとき、館内にいたのだけれど、巨大なフルートの中に住む妖《よう》精《せい》の気分を味わった。

そう。

谷の形状に合わせたかのような雲雀館のデザインは、決して、見た目のモダン感を意識したものなどではなく、もっと実際的な機能美を重視していた——もっと言えば、谷の形状に合わせた館の形なのではなく、館のデザインに合わせた、谷の形状だったのだ。

つまり、笛だった。

それこそ説明の必要もなく、『音楽室』というこわ子先生のヒントを引き合いに出すまでもなく、内部に空洞を持つ筒の各所に穴を開けて、息を吹き込んで音を出す楽器である――言うならば、美術館全体が、大きな吹奏楽器なのだ。

強い風が、そのまま息吹だった。

美術館の内部が細かくパーティションで区切られているのは、入り口から入ってきた風を、微調整するためらしい……、言うならば、固定された弁だ。

そんな楽器構造の中にいたのだから、たまったものではない――聴覚ではなく触覚、皮膚感覚で、発せられるその音を、わたしは聞いた。

絶対音感なんて持っていないわたしには、発せられたその複雑な和音を、ドレミで表現することはできないけれど、しかしその代わりと言ってはなんだが――本当になんだが、映像で表現することができた。

寒気がするような爆音を全身で感じた瞬間。

群をなして羽ばたく雲雀の映像が、確かに見えた――それは、『美観のマユミ』としての視力とは無関係な、頭の中に閃いた、唐突なビジョンだった。

脳裏を過ぎるとは、まさにこのこと。

音が見えた。

そう言うしかない現象だった。

「共感覚の疑似体験と言ったところでしょうね。予測はしていましたが、ここまでの再現度とは、思いませんでした」

先輩くんは、もう一度、口笛を吹きながら言った。

先程は、謎が解け、もうすぐリーダーのところに駆けつけられるから、上機嫌で口笛を吹いたのだとばかり思っていたけれど、どうやら先輩くんのあの行為は、『笛』を表していたらしい。

ウインクは窓の開け閉めの暗喩《あんゆ》か？

いや、あれは本当にただ上機嫌だっただけだろう……、しかし、まさか雲雀館の窓の多さが、採光のためではなく、風通しをよくするためのものだったとは。

「共感覚……って、確か、触ったものを味で感じたり、匂《にお》いが聞こえたり、五感がシャッフルされて感じる現象でしたっけ……」

漫画で読んだ知識だから、たぶん正確じゃないだろうけれど、おおよそ間違ってはいないはずだ。

「そう。そして、音が見えたり——ね」

「…………」

音が見える——共感覚。

ならば、こわ子先生が雲雀館に描いたのは、『見える音』だということか——確かに美術館が発した音は、別段、雲雀の鳴き声だったわけでもないのに、確かに雲雀の群れが見えた。

ないはずの絵画が見えた。

そう、肌で感じた。

「ワインの味を、様々な比喩を用いて表現するのも、聞いているだけでおいしそうだったりしますよね。そういう意味では、雲雀館が鑑賞者に負担させているのは、窓を開ける労力などではなく、音楽センスなのかもしれません」

ワインの味なんて中学生が知っているわけがないでしょうと突っ込みたくなったけれど、大人びた雰囲気の先輩くんが言うと様になっていたので、控えておいた。

しかし、音楽センスか……。

美術と音楽との違いを、先だって考えはしたけれど、こわ子先生にとっては、そこは一緒くたにしてしまっていいところのようだ。

案外、音楽室の鍵を持っているというのも、本当だったりして。

「逆に言うと、普段から絵画や彫刻ばかりを見、作っている専門家には、雲雀館の発するメロディは、ただの風切り音にしか聞こえないでしょうね。なまじ、美術の感覚が突出しているから、音楽が届かない」

「……『美術のソーサク』である天才児くんの受け持ちが白鳥館だったのは、そういう意味でも、幸運だったわけですね」

逆の逆に言うと、『美声のナガヒロ』が雲雀館を担当したことは、ほとんど僥倖《ぎょうこう》だった——彼でなければ、たぶんこの謎は解けなかっただろう。

出来た生徒会長は、わたしが『風』について言及したから、それを契機に推理が完成したみたいに、後輩を立てるようなことを言ってくれたけれど、むしろ、わたしが来なければ（そして昨日までは、生足くんが来ていなければ）、もっと早く、音絵《サウンドアート》の存在を看破していたのではないだろうか。

二日目と言うのは大袈裟《おおげさ》でも、おそらく三日目か四日目には……。

「それは買いかぶり過ぎですよ、眉美さん。『美声のナガヒロ』と言っても、私は音楽の専門家ではないのですから」

「そうですか？　だって、音楽室でわたしの身体をべたべた触りまくってたとき……」

「その言いかたを今後も続けるつもりなら、クビにしますよ」

そんな権限があるの？

怖い怖い。

「わたしに合唱の指導をしてくれたじゃないですか。てっきり、少なくとも、歌には造詣が深いんだと思っていましたけれど」

「あのとき施したのは、あくまでもボイストレーニングですよ。歌唱力を鍛えたわけではありません。美少年探偵団の中でも、音楽を専門とするのは、踊さんくらい……、おっと」

おっとじゃねえよ。

むしろ訊いて欲しいのか、『踊さん』について。

先程は謎が解けないストレスゆえにうっかり漏らしてしまったのだろうし、今度は謎が解けてほっとしたがゆえに漏らしてしまったのだろうが、思わせぶりも二度目となると、ひねくれ者で性格の悪いわたしとしては、もう意地でも訊きたくなくなるくらいだった

——けれど、しかし、『踊さん』が、生徒会執行部の人間でもなく、先輩くんのクラスメイトでもなく、美少年探偵団のメンバーだと言うのならば、さすがにもう聞き捨てならない。

事態がわたしの性格の悪さを超えてくる。

なんだ？　わたしの知らないメンバーがいるのか？

じゃあわたし、六人目じゃなくて七人目じゃん。

自分のナンバリングも知らずに、何がメンバーなのだ？

「いえいえ、眉美さん。あなたは間違いなく六人目ですよ。仮にメンバーとして数えるとしても、『美談のオドル』は、ゼロ人目ですから」

「ゼロ人目……？」

わたしからの、そのつもりはなくとも責めるようなそれになってしまった視線を受けて、先輩くんはいかにも渋々《しぶしぶ》、情報を開示してくれた。

「双頭院踊。現リーダーの実兄で、美少年探偵団の創設者ですよ」

15　合宿六日目（最終日）

最終日も寝坊してしまった。これはさすがに、本当に落ち込んだ――結局、午前中を自由時間と決め込んだ四日目しかスケジュール通りに起床できなかったなんて、どれだけ自制心のない奴なんだ、わたしは。

反省も自制もないなんて、どこに救いようがあるんだ、そんな奴。

美少年探偵団の面々の天衣無縫さを、これでは責められない……、ひとつだけ、せめてもの救いがあるとすれば、寝坊はしたけれど、こわ子先生に起こされる前には、目が覚めたということだった。

「お。自分で起きられたんだね。偉い偉い」

と、誉められた。

もう完全に出来の悪い子に対する誉めかただったけれど……、見れば、こわ子先生はテント内の片付けをしているようだった。

雨で濡れた地面もすっかり乾いたし、自分達のテントを建て直すこともできたのだが、最後の夜も（最後の夜だからこそ？）、メンバー全員がこわ子先生のプロ仕様のテントで夜を明かしたので、その後片付けをしているようだ。

「あ、手伝います」

さすがに、自分達が散らかした後片付けを、元教師のこわ子先生にさせるのも申し訳なく、わたしは寝袋から、慌てて這い出る。

「違うわよ。あんたらが散らかした分は、朝方に、あの悪ぶった子がきちんと始末をつけてから出発したわ」

悪ぶった子。不良くんか。

悪ぶってるんだって、大人に見抜かれてるって、結構恥ずかしい話だな。

「じゃあ、先生は今、何を片付けてるんですか？」

言われてみれば、テントの中が、わたしが初めてこちらのテントで宿泊したときと比べて、幾分すっきりしている——すっきりしていると言うか、単に荷物が減っていると言うか。

「気にしないで。荷造りの最中よ」

「荷造り……？　じゃあ、どこかに出かけるんですか？」

五つの美術館は、あれで完成しているもののはずだから、新たな芸術活動のための材料の仕入れだろうか。正月休みも明けることだし、ありそうな話だ。

「それが四つ目の質問でいいのかしら？　眉美ちゃん」

ん……、いや、こんな他愛ない質問くらい、サービスでぱっと答えてくれてもよさそうなものなのに。

そう言われると、この問いかけは引っ込めざるを得ない——わたしが四つ目に訊きたい質問は、昨日、雲雀館に展示された音絵を見た時点で、決まっていたのだから。

「こわ子先生。こわ子先生は、テレビに出たりしないんですか？」

「テレビ？」

素《す》っ頓狂《とんきょう》な声で、こわ子先生はわたしの言葉を繰り返して、手を止めてこちらを向いた——その意外そうな顔からして、こわ子先生にしてみれば、素っ頓狂なことを言ったのは、わたしのほうらしい。

でも、わたしは大真面目《まじめ》だった。

「テレビじゃなくてもいいんですけれど……、雑誌とか、インターネットとかでもいいんですけれど。とにかく、もっと、こう……、名を売ろうとか、世に出ようとか、思わないんですか？」

言いかたが難しい。どうしても俗っぽくなってしまう。わたしは咳払《せきばら》いをして、「あれだけの大作が作れるこわ子先生なのに、誰にも知られてないなんて、勿体《もったい》ないです」と続けた。

烏館、孔雀館、白鳥館の三つの絵画に関しては、そんな風には思わなかった——あれらは、異端の芸術家が作る、異端の芸術だった。

だけど、雲雀館の絵画は、あの凄《すご》みは、万人が知るべきものだと思った——リーダーのところに駆けつけたくてたまらない先輩くんは、いまいちそこまで思わなかったようだけれど（そういうところが、あの生徒会長は残念だ。本当に残念だ）、『音』で『映像』を表現するあのアートは、大仰に言えば、世界に革新を起こし得る。

言っちゃあなんだが、あるのかないのかもはっきりしないようなこんな人工島の、谷底に埋もれさせておくようなものじゃない——もっと多くの人に見せて、もっといろんな人を感動させるべきだ。

一言で言うと、『こわ子先生、ちゃんとしたアートも作れるんじゃないですか！』と、わたしは思ったのだ。

てっきり、変な芸術家を変なお金持ちが支援しているだけだとばかり考えていたけれど、あんなきっちりしたこともできるのなら、わざわざ自給自足の隠遁《いんとん》生活なんて送る必要は……。

「そう言ってくれるのは嬉しいけれど……、特に、あんたみたいな素人がそう言ってくれるのは嬉しいけれど、でも、駄目駄目。忘れたの？　眉美ちゃん。あたしは不祥事を起こして、指輪財団からウォンテッドがかかってるやばい奴なんだってば」

意外なことに、まんざらでもなさそうに、こわ子先生はそう手を振った——わたしからの思わぬ評価に、照れているようでもある。

『有名になるために芸術活動をおこなっているわけじゃない』と、怒鳴《どな》りつけられるかと思っていたのに——そうなる覚悟もしていたのに。

だったら尚更《なおさら》わからない。

『誉められて嬉しい』という、人として当たり前の感性を持っているのなら、表舞台に立つべきじゃないか。

「もうそれは、七年も前のことじゃないですか。学園に戻るっていうのはさすがに無理でも、こわ子先生のためなら、天才児くん……、指輪くんが、取り計らってくれるかもしれませんよ」

「そういう公私混同はしないでしょ、あの子は」

「じゃ、じゃあ、わたしがなんとかしますから」

「眉美ちゃんが？　何を？」

何をだろう。

勢いで言ってしまっただけなので、きょとんとされてしまうと、続けられない。自分の感情をうまく言葉にできず、困っているわたしに、

「指輪学園だけの問題なら、そりゃ、七年前のことだけどね」

と、こわ子先生は言う。

「追跡を逃れるために、その後の七年間、野良間のおじいちゃんのお世話になっちゃったからね。だから、あたしには自由なんてないのよ。籠《かご》の鳥みたいなものなの」

「鳥……」

五つの美術館には、それぞれ、鳥の名前が冠されていた。

「眉美ちゃんが誉めてくれた雲雀館にしても、あれを作るのに、いったいどれだけのお金を使ったと思う？　あんなもん、テレビじゃ絶対に予算が降りない、個人相手にしか成立しないアートなのよ。コストパフォーマンス。まあ、だからこそ、七年間、好き勝手やらせてもらったわけだけれど、勝手と自由は、ぜんぜん違うわよね」

「…………」

「わかる？　あたしは野良間のおじいちゃんに、恩もあるし、それ以上に、借りもあるのよ。ありていに言えば、莫大な借金ね。恩義と借金で、がんじがらめに縛られちゃってるの。籠の鳥——こないだ、あんたらに会いに行ったときだって、野良間のおじいちゃんの特別な許可があったから、行けたようなもんだしね。しかも、許可を取ったの、あたしじゃないし」

そうだった。

確認を取ったわけではないけれど、たぶん、その辺りの根回しをしたのは、髪飾中学校の生徒会長なのだった。

じゃあ、これからもこわ子先生は、野良間杯氏のために、この島に閉じこめられたまま、芸術活動をひっそりと続けるのか？　誰にも知られないまま、誰にも知られないものを作り続けるのか？

それは、なんだか。

うまく言えないけれど、なんだか。

お金持ちの家の壁に飾られるたった一枚の絵に、決して価値がないわけじゃあないんだけれど——

「だから、あたしはあんたら美少年探偵団に、勝負を挑んだのよ」

と。

こわ子先生は、わたしに背を向けて、荷造りを再開した——背を向けられたから、どんな表情でそう言ったのかは、まったくわからない。

「あんたらからヘリコプターをもらえたら、あたしは指輪財団にも野良間のおじいちゃんにも捕まることなく、この島から自由に羽ばたくことができるからね。脱出ではなく、脱獄かしら」

16 最後の館——鳳凰館

「お！ 来たね来たね眉美くん！ 待たせてくれるじゃないか！ これで美少年探偵団の

ないか！」全メンバーが集結だ！　さあ、みんなで一致団結して、この鳳凰館の謎に取り組もうではないか！」

到着したわたしを、いつも通り元気よく迎えるリーダー、指輪学園初等部五年生、双頭院学《まなぶ》くんだった——旅先で高まるわたしのテンションも、この上長の『いつも通り』には到底敵《かな》わない。

野良間島に五つある美術館のうち、自分が担当した鳳凰館の謎だけが最後まで解けずに残ってしまったと言う、団としては、考え得る限り最悪の事態に至ってしまっているというのに、そのどこまでも陽気な様子には、呆れを通り越して、安心してしまう。自分が謎を解けずにいることよりも、メンバーが謎を解いたことのほうを喜べるというのは、本当、天然の資質なんだと思う……、陰湿なわたしと真逆の資質である。

わたしはつくづくただの幸運で、一番最初に謎が解けてよかったと思いますよ、リーダー。

しかしまあ、その辺は、わたしのように性格が悪くない他の四人の気持ちだって、似たり寄ったりだろう。

わたしが現場に現れるたび、それぞれがそれぞれなりの態度で、邪険に扱ってくれた四人が、今日ばかりは、わたしを歓迎してくれた。

「眉美ちゃん、よく来てくれたね」（生足くん）
「アテにしてんぜ、眉美。ちゃんとメシ食ってきたか？」（不良くん）
「こうなるとあなただけが頼りですからね、眉美さん。私達に、目にもの見せてください」（先輩くん）
うわあ、期待されちゃってる。
彼らからすれば、最終日、藁《わら》にもすがるような気持ちなのだろう……、無言の天才児くんも、心なし、熱い視線をわたしに送っているような気がする。
ううん、プレッシャーだなあ。
わたしはぞんざいにされたほうが本領を発揮できるタイプなんだけど（なんだそのタイプ）、でもまあ、リーダーの言う通り、久々に全員集合したみたいで、否が応でも、がんばらなきゃと思う。
夜にはキャンプファイヤーだったり、後半からはこわ子先生のテントでだったり、全員で集まって打ち合わせや経過報告をしていたものの、美術館の前でみんなが揃うのは、初日以来だ。初日以来と言うことは、今年初めてと言うことでもある……、目にもの見せられるかどうかはともかく、いいところを見せたい。
「………」

みんな。全メンバー。

それは、美少年探偵団の創設者、ゼロ人目のメンバーとやらを除いてのことになるのだけれど……、いや、その件は、今、考えたって仕方のないことだ。

口が滑《すべ》った先輩くんも、あれ以上のことは教えてくれなかったし、わたしとしても、あれ以上のことを聞く心の準備が整っていない——どちらかと言うと聞きたくないとさえ思ってしまう。

美少年探偵団の創設時、何があったか……、それに、双頭院学という謎のリーダーのプライベートについて、小学生の彼がどうして、中学生のメンバーの信頼を一身に集めているのか、その出発点について、知る度胸がない。

今はまだ知るときではないとすら思う。

気持ちの問題でもそうだし、現実のタイムリミット的にも、そうだと思う——わたし達は、今日の午後までに、鳳凰館に展示された、展示されているはずの絵画を、発見せねばならないのだ。

他の謎に挑んでいる場合ではない。

夕方には迎えのヘリが来てしまう。

だから、謎解きに使える時間は、実のところ、もう半日も残されていないのだ。

「なんてことなの、わたしが寝坊したばっかりに……」

「それは本当にそうだよな」

不良くんに心からの突っ込みを受けつつ（じゃあ起こしてよ）、わたしは鳳凰館のほうを向いた。

山林のど真ん中に建てられた美術館。

これまでわたしは、鉄骨だけで組み立てられた烏館、地中に埋まった孔雀館、巨大な折り紙でできた白鳥館、谷底に笛を象《かたど》った雲雀館の順番で見てきたけれど、ラストを飾る美術館としては、鳳凰館はやや名前負けしているとでも言うのだろうか、群を抜いて簡素な作りの美術館だった——他の四つの美術館と違って、『これなら、頑張ればわたしでもひとりで作れるかも』と思わせるシンプルさである。

なにせ、ビニールハウスだ。

山の斜面に建てられたビニールハウス——そのサイズも、決して小規模ではないけれど、しかし決して常識の範囲を逸脱しない。

単なる字義の話だとしても、これをして『館』と呼称することには、多少無理があるような気がする……、だが、もちろん、美術館において重視すべきは、外側ではなく内側である。

内側であり、内覧である。

これまでの四つの、珍妙な美術館を見てきてからそんなことを言うのも白々《しらじら》しいけれど、取り分け野良間島の美術館は、それぞれ、たった一枚の絵画を展示するためだけに建てられたものなのだから。

「…………」

重要なのは中身……、だが、この場合、ビニールハウスの中身も、やっぱり、ビニールハウスの中身らしい中身だった。

ビニールの特性上、わたしが眼鏡を外した視力で透視するまでもなく、内側は透けて見えるのだけれど、しかし中に見えるのは植物群である。

木や草や花や実が、育てられている。

そう言ってよければ、そう言うしかないのだけれど、ごくごく普通のビニールハウスだと言える……、芸術活動ではなく、こわ子先生の自給自足の一環、あるいは余暇のガーデニングという風にも。

「……とりあえず、いっぺん、中に這入ってきていい？」

わたしは申し出る。

みんなが美術館の外にいたのは、遅刻してきたわたしを出迎えるためのセレモニーではなく、単に、ビニールハウスの中は、たとえ真冬でも三十分も中にいることが耐えられないほど、高温多湿の環境だからである——わたしも初日、五分でギブアップした。

ビニールハウスはサウナハウスだ。

ただ、ビニール越しでわかることには限度がある……、汗をかくのを我慢すれば見られるものを、わざわざ失明の危険を冒して見ることもないし。

「もちろん、眉美くんのしたいようにしてもらって構わないよ！　きみはこの旅行における立役者なのだから！　是非この勢いでMVPを獲得してくれたまえ！」

団長がご機嫌にそう言う——MVPなんてあるの？　何かもらえるの？

「どれ、僕も同行しようかな。鳳凰館は何度見ても飽きるものじゃないからね！　眉美くんをエスコートしてあげよう！」

確かに、初日からずっとここにいた団長に案内してもらえると助かる……、と、わたしは心強さを感じたが、おっと、他の四人がわたしを（期待の星であるはずのわたしを）、じろりとねめつけてますよ？

わたしみたいなクズとリーダーをふたりきりにするなんて我慢ならないみたいな感情だろうか……、そんなこと言われてもなあ。

ひとりで大丈夫ですとも断れず、果たして、わたしと双頭院くんはビニールハウス……、もとい、鳳凰館の中に這入った。

入り口のところで靴を脱いでスリッパに履き替えると言う、無駄に美術館らしい仕組みがあったけれど、その他は完全に、温室と言った風情だ……、美術館じゃなくて、植物園と言ったほうが正しい気がする。

人が通るための動線が確保され、順路が決まった植物園……、ビニールハウスの外の、好き放題に育った、ある意味で荒れた山林とは違って、ちゃんと整備された庭園と言った感じか。

枝葉も花実も、綺麗に剪定《せんてい》されている。

整備された自然……、否、整美された自然。

美化に美化を重ねた山林と言ったところか。

「『大自然ほど美しいものはない』って、よく言われるけれど……、その『大自然』は、人によって整えられたものでもあるってことを、表現したいのかしら？」

むわっとした熱気をこらえつつ、さっそく肌を伝う汗を拭《ふ》きつつ、わたしは隣を歩く双頭院くんに訊いた。

彼とて約五日間、無駄にこの鳳凰館に滞在していたわけではあるまい……、この館内風景に対してなんらかの、独自の見解を持っているはずだ。

「さあね。僕にわかるのは、永久井こわ子先生が作り上げたこの鳳凰館が、とても美しいということだけさ。この島のすべての景色同様に、美しい」

「…………」

聞いたわたしが馬鹿だった。

ここで約五日間滞在していたのは、美しい以外のセンサーのないリーダーだった。外にいる他の四人にも、今のところこれと言った推理はないようだったし、こうなると本当にわたしがしっかりしなければ……。

昨日の午後から、こちらに駆けつけている先輩くんにも閃きがないと言うことは、やはりこの鳳凰館に隠されているのも、常識外の、通り一遍ではない絵画ということになるのだろうが。

しかし、双頭院くんからの返答が、まるっきり詮《せん》のないものだったかと言えば、そうでもなかった……、少なくとも、リーダーの鳳凰館に対する評価が高いということはわかった。

思い返してみると、初日の夜に、手分けするにあたり、それぞれの担当を決めようという段になって、そのとき先陣を切るように、リーダーは鳳凰館の謎解きを買って出た。

鳳凰館が、山中のビニールハウスであることを知った上で――なにせ名前が格好いいので、リーダーがそこに立候補することにさほどの違和感はなかったけれど、しかし、謎解きの対象として魅力的かどうかと言えば、首を傾げるべき場面だっただろう。

まだしも、見るからに意表を突いていた鳥館や白鳥館のほうが、ミステリーとしての引きは強かったはずだ……、それなのに、彼はあえて鳳凰館を選んだ。

それだけを見ても、この鳳凰館には、彼の美的センサーに反応する何かがあったと見るべきだ。

その美的センサーは、こともあろうに、わたしの目やわたしの悩みに反応してしまったこともあるので、あまりアテになるものじゃないような気もするけれど、他にすがるべき対象もない。

……いや、あるか。

こわ子先生からの『お年玉』がある。

最終日の今日となってしまえば、鳳凰館が、『地水火風木』の五大要素のうち『木』を示しているのは明らかで、そちらは何のヒントにもならないけれど、『お年玉』のほうは、いくらか推理の足がかりになるはずである。

他のメンバーに足並みを揃える形で、双頭院くんもこれまでは受け取らず、わたしに預けっぱなしにしていた『お年玉』だけれど、わたしがそれを託される前に推理を終えていた天才児くんを除いて、みんな『お年玉』を使って絵画を見つけてきたのだから、状況は二日目の夜のキャンプファイヤーのときからはがらりと変わっている。

敵からの施しを受け取らない理由はないはずだ——そもそも双頭院くんに、敵とか味方とか、そんな概念があるかどうかは、はなはだ怪しい。少なくとも彼が『先駆者』であるこわ子先生のことを、敵視しているはずがない。

「双頭院くん。もう言っていいよね？　鳳凰館について、こわ子先生はこう表現していたわ。『鳳凰館の絵画は、もっとも伝わりやすい、よくある絵画よ。だけど、もっとも受け入れられない、場合によっては忌避されかねない絵画でもある』」

「きひ？」

そんな言葉の意味はわからないと言わんばかりの双頭院くんだった——語彙《ごい》までポジティブなのか、この小学生は。

忌避の意味くらい知っておけ。

「ふっ。生憎僕には学がなくてね。僕にあるのは美学だけさ」

本当に学のない場面で、そんな決め台詞《ぜりふ》を言われてもな……。

ともあれ、音絵《サウンドアート》という、『もっと広く世に知られるべき』絵画を見知ったあとだと、一層重く響くヒントである。

昨日、雲雀館の謎を解くや否や、先輩くんは躊躇《ちゅうちょ》なく、リーダーのいるこの鳳凰館に向かったけれど、わたしはそうしなかった。そうせず、午後から夕方までを使って、もう一度、烏館と孔雀館と白鳥館を見て回った。

雲雀館の絵画を見たあとで見れば、他の美術館の絵画に対する見方も変わってくるんじゃないかと思ってのことだった――だが、結論から言うと、それは無駄足だった。

三つの絵画に関する感想は、二度目も大きくは変わらなかった――自然現象に対する宣戦布告、とっくみあいをするような姿勢で作られた芸術には、改めて、感動よりもおののきを覚えた。

これは世に出せない芸術だと思った。

わかる人にだけわかる奴だと思った。

だが、こわ子先生に言わせれば、あれらの絵画よりも、この鳳凰館の絵画のほうが、『忌避されかねない』と思っているわけだ……、どこが?

絵画はともかく、こうして見る限り、館の中で育てられている植物群のほうは、非常に丁寧に整えられていて、とても美しいとしか……、画力のないわたしは、これを絵に描こうとは思わないけれど、もしもカメラ付きケータイなんかを持っていたら、間違いなく写真に撮っていると思うんだけれど。

……待てよ？　さっき、双頭院くんはなんて言った？

『この島のすべての景色同様に、美しい』？

「…………」

「ん？　どうしたのかね？　眉美くん。ひょっとして、何か閃いたのかい？」

「いえ……」

逆だ。むしろ、よりわからなくなったのだ。

景色同様に美しい……、うん、その言葉自体は、双頭院くんの言いそうなことだし、違和感があるわけじゃない。

反対意見があるわけでもない。

だけど……、もしも本当に、鳳凰館を構成するビニールの内と外で、見える風景が同じように美しいのであれば、そんな美術館は、あってもなくても同じじゃないか？

骨を折ってわざわざ作るまでもないと言うか……。

「……リーダー。ちょっと考えさせてくれる？」

「いいとも。存分に考えたまえ。それは僕にはできないことだからね」

ふざけんな。考えるくらいしろ。

組織のトップとしては非常に尽くし甲斐《がい》のある尊大さだったけれど、こんな奴がもしも部下にいたら大変だろうなと思った……、名選手必ずしも名コーチならずと言うが、人の上に立つことにしか向いていない人間もいるのだという事実を痛感しつつ、わたしは思考する。

推理する。

興ざめするようなことを言えば、今の日本には、人の手が入っていない原生林みたいなものは、ほとんど存在しないらしい……、どんな山奥の秘境でも、なんらかの形で、人が整備し、人が管理している。

世界的にも、その傾向は強い。

環境破壊とか、森林伐採とか、そういう話じゃなくって、そうでなければ、山も森も、案外あっさり滅んでしまったりするそうだ……、自然淘汰《とうた》の淘汰性は、思いの外厳しく、そして取り返しがつかない。

自然が自然らしくあり続けるためには、ただあるがままに緑を放置すればいいってもんじゃない……、世話を焼いて面倒を見なければ、植物はすぐに枯れてしまうことを、小学校の鉢植えで、わたし達は学んだはずだ。

もちろん、それでうまくいくことばかりじゃない。たとえば、荒れ果ててしまった山肌に育てやすい杉を植樹したら、全国的にスギ花粉が蔓延《まんえん》するような、涙の止まらない悲劇に見舞われたりもする。ハブを駆除しようとマングースを持ち込んだ結果、生態系が狂ってしまう——けれど、じゃあ、狂っていない生態系ってなんだ？

ガラパゴス諸島みたいな自然を言うのか？

だけど、その独立は、孤立と同じ意味で使われかねない……、ガラケーなんて表現が、思えばどれほど、全方面に対して礼を失している無作法なのか、誰も考えもしない。ロンサム・ジョージが、滅ぶべくして滅んだとでも言うのか？　ちょっと前まで、フィーチャーホンの恩恵に与っていたんじゃないのか？

島——野良間島。

無人島であり、人工島。

うん……、この島の自然だって、まるで自然なものじゃない……、全部が全部、作り物だ。害虫もいなければ蛇も熊も出ない、極めて安全な森だ。言うなら遊園地のアトラクションみたいなものだ。

だから、そういう意味では、ビニールハウスの内と外で、広がる景色が同じようであっても、ぜんぜん不思議じゃない。

鳳凰館の内部はビオトープとして優れているだけであって、育てられている植物が、取り立てて館の外とそんなに違うというわけじゃないんだ。

水やりや剪定と言った手入れが行き届いていて、ビニールハウスによる環境調節もできているから、より綺麗な風景に見えると言うだけで……、そんなことを言えば、双頭院くんなら『美しさは比べるようなものじゃないよ、眉美くん』と、わたしを窘めるのかもしれないけれど……。

じゃあ、単なるセンスの違いか？

人工島を作ったのは野良間杯氏で、ビオトープを作ったのはこわ子先生……、先生は、あえてビニールで区切って、自ら植物を管理してみせることで、自分のパトロンに、『こうすればもっとよくなる』みたいなお手本を示そうとした？

違う違う、不良くんが言っていた。

こわ子先生が、生活のために耕している田畑は酷い出来だって……、こわ子先生は『島作り』の手本を、偉そうに示せるような立場じゃない。

立場じゃないけど……、でも、野良間杯氏とこわ子先生の関係性からすれば、今のは、ありそうな仮説だった。

パトロンとアーティストの関係性ではあっても、必ずしもギブアンドテイクとは言い難い……、それこそ、世俗から隔離されたこわ子先生は、管理された芸術家だ。

世の中の喧噪《けんそう》とは無関係な場所で、誰にも妨げられることなく創作活動に集中できる環境は、才能のある芸術家にはうってつけのようで、実際それは、成果にも表れているけれど――こわ子先生自身は、それを望んでいたわけじゃない。

あの人はこの島に、やむなく逃げ込んだんだ。

のちに捕らわれることをわかった上で。

……わたし達にも、なんだかんだとヒントを出しまくっていたことからもわかるように、あの人は、子供にものを教えるのが好きなんだ。

きっと、子供が好きな人なんだ。

だから、向いていないのを承知の上で、教師になった――ぎりぎりまで教師であろうとしたし、不祥事を起こして追放される寸前まで、『先生』であろうとした。

そんな風に人と関わるのが好きな彼女が、いつまでも、孤島でひとり、暮らせるはずがない……、だから、ヒントはたらふく出しつつも、わたし達に勝とうとしているのも、本当なのだ。

合宿の思い出に、わたし達に勝利をプレゼントしようとか、そんなことは思っていない……、大人げなくも、わたし達から本気でヘリを奪おうとしている。

自由を獲得しようとしている。

こわ子先生は勝負に勝ってヘリをもらっても仕方ないなんてことはなかった――むし

ろ、それは彼女が、一番欲しいものだった。

あるいは、札槻《ふだつき》くんが彼女に連絡を取った時点で、既にそのプランは始まっていたのかもしれない……、準備期間はどうしたって必要だったはずなのだから。たまたまわたし達が合宿に来たから、脱獄計画を思いついたわけではないだろう——だからこわ子先生は危険を冒して、指輪学園の講堂に姿を現したのだとすれば。

五つの美術館のことを、こわ子先生は、野良間のおじいちゃんへの餞別と言っていた……、だが、莫大な借金が残っているとも言っていた。

七年の間に世代交代も起こり、ようやく指輪学園でもほとぼりが冷めてきたというこのタイミングで、またしても彼女は逃亡者になるつもりなのか……、あるいは、このタイミングだからこそ？

だとすれば、この鳳凰館の謎が、たやすい謎であるわけもない……、たとえば、『この風景こそが、こわ子先生が描こうとした絵なんだよ。自分が描こうとする理想的な風景を、こわ子先生は作ったんだ』みたいなベタな解答が、正解なはずがない。

モデルやモチーフを調整するくらい、絵描きなら誰でもすることだ——ビオトープをまるまる作ってしまうというのはまあなくとも、彫刻の位置を変えるとか、食べるためではなく描くために、立派な野菜を育てるとか、それくらいのことはするだろう。あとは、大きな魚を釣るとか……、ああ、それだと魚拓になっちゃうか。

魚拓……、釣り。

そう言えば、この野良間島がある琵琶湖でも、生態系の破壊みたいなことは起こっているんだっけ……、先輩くんが言ってたっけな……、アングラーが持ち込んだ外来種であるブラックバスが、元々湖にいた魚を食べちゃうとか……。

それは深刻な環境問題だけれど、しかし、ブラックバスの身になって考えてみれば、食べ放題の楽園に引っ越せたみたいな感じなのだろうか？　だとしても——外来種？

外来種……。

今、何か、引っかかったような……。

「眉美くん」

「ひゃあ!?」

悲鳴をあげてしまったのは、いきなり背後から声をかけられたからではなく、いきなり目の前が真っ暗になったからだ——いったい何が起こったのか、まるでわけがわからなかったけれど、どうやら双頭院くんが、眼鏡と顔との隙間に指を通すようにして、わたしの両目を、両手で覆《おお》ったようだ。

いわゆる『だ〜れだ？』の構図である。

「な、な、何すんの？　リーダー、遊んでる場合？」

「なに、遊んでいる場合だと言うのに、眉美くんが随分と、難しい顔をしていたからね。リーダーとして、及ばずながらも何か力になれないかと思って」

慌てるわたしに、団長はしれっと答える。

「アートは眉間に皺を寄せて考えるようなものじゃないよ。どうせ見えない絵なのだから、いっそこうして目を閉じて考えてみたらどうかね？　『美観のマユミ』として、心の目で見るのだよ」

「…………」

心の目って……。

そんなものがあれば苦労はしないし、こうして目を塞《ふさ》がれたところで、その気になればわたしの視力は、人間の手くらい透かして見えるのだけれど……、本当にわからないリーダーだな、ふたつの意味で。

でも。

確かにこの野良間島において、視力に頼る意味は、ほとんどない——むしろ、視力に頼れば頼るほど、見るべきものが見えなくなる。

たとえ見えなくたって、見える絵画があるのだと、昨日わたしは、雲雀館で感じたはずじゃないか——学んだはずじゃないか。

そうか。

あの音絵《サウンドアート》に、わたしがあれだけ心打たれた理由が、今になってようやく理解できた。それまでの自説を曲げてまで、こわ子先生は、もっと広く世に知られるべき人だと思った理由……、それは、いつかわたしが、視力を失う定めにあるからだ。

良過ぎる視力は、たとえ酷使せず、用心して使ったところで、いつかは磨耗し、劣化し、完全に失明する——何も見えなくなる。

真っ暗になる。

それでもなお見える絵があるのだと教えてくれた絵画の作者であるこわ子先生に、わたしは心酔したのだ。

だから。

「安心したまえ、眉美くん。美観のマユミ。きみの目は確かに誰にも否定できない美点だが、それがなくなったからと言って、きみが否定されるわけじゃない——きみがきみを否定しない限りにおいて。あるいは、僕が否定しない限りにおいて。ゆえに命令する。楽しめ」

「……了解、リーダー。そのままの姿勢でお願いするわ」

「任せたまえ」

ビニールハウスゆえに、外に待機している四人からわたし達の動向は丸見えなので、いったいあのふたりは何をじゃれているのかと怪訝がられているかもしれないが、それはひとまず、さておこう。

もうこの高温多湿の中にいるのも限界である。

意地でも考えをまとめなければ。

えっと、どこまで考えたっけ？

思考もだいぶんぐるぐる回って、横道に逸れてしまっていた感があるけれど……、ブラックバスがどうとか思ったんだっけ？　外来種？

外来種……、生態系の保護……、けれど、じゃあたとえば、琵琶湖で爆発的に増殖したブラックバスを絶滅させるのは、倫理的に許されることなのか？　実際、スポーツフィッシングの対象だったブラックバスを、食べて減らそうという活動もあって、それ自体は、スポーツフィッシングなんて無茶な用語よりは、あるべき活動なのだろうけれど……、可愛らしいイメージの、草食動物代表みたいな鹿《しか》だって、増え過ぎたら害獣として狩りの対象になるわけで……、人間の都合で、動物や植物や虫や海を、増やしたり減らしたり——なんだ、じゃあ結局環境問題か？　中学二年生らしい正義感を振りかざしているだけか？

じゃない。

じゃなくて、わたしにあったのは、もっと端的な引っかかりだった――思い出せ。目を閉じて、考えろ。

目を閉じて、楽しめ。

大丈夫だ。何も見えなくっても、大丈夫だ。

雲雀館で音を感じられたように。

わたしの顔に触れる双頭院くんの手から、心強いリーダーの存在を、背中に感じることができる――リーダーを通して、メンバーの存在も、全身に感じることができる。

不安に思うことなんてない。わたしならできる。

みんなが信じてくれた、わたしならできる。

そうだ、みんながいたから、これまでの美術館だって、攻略できたんだ。もしもひとりじゃ、ひとつ目の烏館からして無理だった。

まあ、身も蓋もないことを言えば、ひとりだったら、こんな奇妙な島、絶対に来なかっただろうけれど……、例年通りの大晦日を過ごしていたはずで、間違ってもヘリコプターに乗って、琵琶湖の中央の中央に着陸することなんて――

「……そっか。合宿初日だ。思い出した」

「うん？　どうしたのだね？　眉美くん。初日がどうした？」

わたしに目隠しをしたまま、興味津々に質問してくる団長。どんな美しい真相が聞けるのかと、わくわくしている声だった。

しかし、わたしは果たして、その期待に応えることができるだろうか――確かに謎は解けたが、この真相が美しいかどうかは、わたしには判断できなかった。

わたしの推理が確かならば、この真相は、完全に、いち中学生の領分を越えている。

「……出よ、リーダー。鳳凰館の外に」

「うん？　ああ、そうだね。僕としたことが迂闊だった。気がせいてしまったよ。真相はやはり、メンバーみんなで共有しなくちゃね」

団のありかたとしてはまさしくその通りだったが、しかし、わたしが外に出ようと促《うなが》したのは、それが理由ではなかった――単純に、一刻も早く、ここから外に出なければならないと思ったのだ。

「リーダー。初日、この島の真ん中にヘリで着陸した際、靴の裏をかなり丁寧に洗浄したのを覚えてる？」

「ん。ああ、うん、そう言えばそんなこともあったね。なんだっけ、この人工島に、外部から土……、植物の種や微生物を持ち込まないために、だったかな？」

「そう。この島にとっての外来種を持ち込ませないために。じゃあ、この鳳凰館に這入るとき、靴からスリッパに履き替えさせられたのも、同じ理由だと思わない？」

なまじ美術館と銘打たれているから、そのしきたりにそこまで違和感はなかったけれど……、しかし、それこそが、鳳凰館が鑑賞者に強いる負担なのだとすれば。

「ふむ？　しかし、それはおかしくないかね？　鳳凰館の内と外で、植物群のありようは、そう目立っては変わらないということじゃなかったかな？　違いは、人の手が入っているかどうかと言うだけで」

「そう。それだけの違いなの――人の手が入っているかどうか。それなのに、こうも厳密に、内と外を区分して育てなければならない理由があるとすれば――人の手が入っているのが、水やりとか剪定とか、そんなレベルじゃないからよ」

「そんなレベルじゃない。では、どんなレベルなのかね？」

「品種改良」

わたしは鳳凰館の入り口で、スリッパから靴に履き替えつつ、そう答えた――やけに履き替えるのに時間がかかると思ったけれど、それはリーダーから目隠しをされたままだからということに、わたしはなかなか気付かなかった。

だって、目隠しをされたままでも、背を向けても、こわ子先生が鳳凰館に展示している絵画は——あからさまに展示している絵画は、まざまざと見えていたのだから。

品種改良。

それも七年という、人間にとっては嫌気がさすような長期間であっても、植物にとってはあっという間の短期間でおこなえる、急激で急進的な品種改良となれば、考えられるのは——

「遺伝子操作。この美術館の中で管理されている植物はすべて、ぐっちゃぐちゃにDNA図を書き換えられているのよ——描き換えられているのよ」

17 最後の一枚——『遺伝子絵《ゲノムアート》』

もっとも受け入れがたい、忌避されるべきアート。それでいて、もっとも人間らしいアート——これもまた、あとから思えばでしかないけれど、こわ子先生の出したヒントは、必要以上と言っていいくらいに露骨だった。

わたしは、まるでせき立てられるように鳳凰館から出てしまったが、しかし、思えば何がそこまでわたしを恐怖に駆り立てたのかも、茫洋《ぼうよう》としている。

生物の進化に積極的に関与するとも取れる品種改良を、神の領域を侵す許されざる蛮行だと言うのは簡単だけれど、しかし、だからと言って、青いバラを作るために積み重ねられた血の滲《にじ》むような努力を、認めないわけにはいかないだろう。誰がなんと言おうと、サラブレッドが駆ける姿は凜々《りり》しく、格好いい——それがたとえ、野生の馬からは程遠い姿だったとしても。人間の一番の友である犬の、可愛らしくも多様な姿が、いったいどれだけ明確な方向性を持たされた進化だったか。

花を綺麗に咲かせるために、葉を瑞々《みずみず》しく育てるために、実をたわわに完熟させるために、おこなわれる労苦の何が、『神の領域』を侵しているのか、ちゃんと説明することは、わたしにはできない。

それでも遺伝子に手を加えることは別か？　ものには限度があるか？

遺伝子組み換えの食料は、まるで毒物みたいに取り上げられることもあるけれど、もしもそれで健康になるのだとしても、みんな、同じ風に言うのだろうか？

極論、生まれたばかりの赤ん坊の遺伝子をいじくることで、そののち、一生癌《がん》にならないのだとすれば、その手術を、我が子に受けさせたくないと思うような親がいるんだろうか？　だけれどその治療行為はきっと、いつしかデザイナーベイビーと、差がなくなっていく。

ここでわたしの視力を例にあげれば、個人的感情が入り交じって正しい判断ができなくなるけれど……、そもそも正しい判断なんて、この件にはない。

鳳凰館。

五つの美術館の中で、唯一、実在しない鳥の名前をつけている辺りから、察するべきだった——否、あるいは名付けの由来は、鳳凰の不死性からかもしれない。

遺伝子操作の行き着く先はそこしかない。

いつまでも永遠に枯れない植物。

咲き続ける花。伸び続ける枝。生《な》り続ける実。

健康に若々しく、生き続ける人間。

ビニールハウスで区切ったり、専用のスリッパを用意したりしたのは、生態系が崩れるから、どころじゃあない——遺伝子汚染が起こるからだ。

内に持ち込まれること以上に、外に持ち出されることを禁じているのだ。

むろん、館の中で、徹底的に管理されて育つ植物が、外で乱雑に育つ植物よりも美しいことは確かである——だけど、それはあくまでも、人間の目から見た美しさだ。たとえば、この島には一匹もいない昆虫だったら、この植物群をどう見るだろう……。

だから、こわ子先生が描こうとしたのは、植物群でも生態系でもない——遺伝子の図解だった。それをもって、パトロンの野良間杯氏に伝えようとした。

才能ある芸術家を、批評も批判もされない環境に閉じ込めたら、何をしでかすか。

それはまた——野良間杯氏が、こわ子先生にやっていることでもあるのだから。

「スポーツの世界でも、これから問題になる話だよね。遺伝子ドーピングって奴。でも、難しい問題だよ。栄養管理の食事制限をドーピングだってする考えかたもあるし、遺伝子までフェアであるべきだって言い出したら、金メダリストの子供は競技に参加しちゃ駄目ってことになりかねないもの」

「トマトなんかは、昔は毒物だったたって言うよな。それを改良して、食べられるようにしたんだとか。自給自足用の田畑のほうは、適当に育ててたわけじゃなく、あえて素材そのままで作ってたってことか？　そういや、種なしブドウとかって食べやすくってマジでありがてー限りだけれど——それを当事者がどう捉えてるかは別問題の別件なんだろうな？」

外に出て、みんなにわたしなりに、鳳凰館の内実を、たどたどしくも説明してみたところ、生足くんと不良くんが、スポーツと料理の両面から、そんなコメントを述べた。

わたしとは違った見地からのコメントだったけれど、やはり、是とも非とも言えないのは、同じらしかった。

アーティストの天才児くんが、他者の芸術作品にノーコメントなのはいつものことにしたって、先輩くんがその美声を発しないのは、やはりわたしと、思いを同じくしているからではないだろうか……。

「生憎僕には学がなくてね。難しいことはよくわからない――わかるのは、館の内も外も、そして島の内も外も、どちらも美しいということだけだ」

双頭院くんが、そう総括してくれたのが、唯一の救いだった。

たぶん、本当によくわかっていないだけなのだろうし、勝手かもしれないが、こんな人間の業みたいな話で、美学に殉じるこの小学五年生の心が汚染されなかっただけでも、今は満足すべきだった。

是とも非とも言えないわたし達と、両方是と言ってしまうリーダーと、これもまた、どちらが正しいということではなかろう――どちらも間違っているのかもしれない。

正しさも間違いもない。まして、善も悪もない。

自然も不自然も――ないのだ。

いやはや、早熟な小学生にも、未熟な中学生にも、あまりに進歩的過ぎる授業だった――やっぱり教師には向いていないよ、あの先生。

「さて諸君。我らが美しい学園に帰ろうか。僕の不徳の致すところでぎりぎりになってしまったけれど、こわ子先生の絵を、なんとかすべて見て回ることができたしね！」

「あ、それなんだけど、リーダー。それに、生足くん、不良くん、天才児くん、先輩くん」

わたしは慌てて挙手をし、メンバー全員を順繰りに見渡した。

「こんな空気の中、提案するようなことじゃないんだけど……、今まで一度だってわがままを言ったことのないこのわたしから、みんなにささやかなお願いがあるの」

18 エピローグ

以上の経緯で、わたし達、美少年探偵団は永久井こわ子先生に無惨に敗北し、負けの代償として、ヘリコプターを操縦士つきで献上したのだった——え？

いや、負けましたよ。

いいところまでいったけれど、野良間島に建てられた五つの美術館、その最後のひとつ、鳳凰館に展示された絵画を、残念ながら発見することができず、実力不足、推理力不足を認めるしかなかったのだ。

いやー、残念ながらだったなー。

勝者の余裕なのか、こわ子先生のお情けで、合宿のそもそもの目的だった美術室の鍵はかろうじてもらえたのだけれど、それもわたし達にしてみれば、屈辱以外の何物でもなかった。そんなわけで、惨《みじ》めなわたし達は、野良間島中央のキャンプ場から飛び去っていくヘリコプターを、おめおめ見送ることになったのだった。

「いや、『なったのだった』じゃないでしょう、眉美さん……、マジですか、あなた。自分のものじゃないヘリを、赤の他人にあげちゃうって……、いくらすると思ってるんですか、あれ」

さあ。知らないけど、五百円くらいじゃない？

知ってたらたぶん、あげてないし。

さすがに操縦士の、誰だかわからない人は、こわ子先生に操縦の仕方をレクチャーしたところで降ろしてもらえることになっているけれど、その後、彼女がどこに雲隠れするのかは不明である。

異端の芸術家は、指輪財団からも野良間杯氏からも、これで逃げ切ったわけだ——今度こそはもう、札槻くんでも見つけられないくらいの、消息不明である。

いや、正確には、ヒントはある。またしてもだが、ヒントだ。

ヘリコプターに乗り込む直前に、こわ子先生は、こっそりとわたしにだけ、耳打ちしてくれた。五枚目の絵画を『見つけられなかった』わたしには、もう質問する権利はなかっ

いうことになる。

そう言えばそうだった——それぞれの美術館の絵画に対するヒントは、五人のメンバーに向けられた『お年玉』だったのだから、このままではわたしだけ仲間外れにされている

と、彼女は言ったのだ。

「そう言えば、うっかり眉美ちゃんにだけ、『お年玉』をあげるのを忘れていたわね」

たはずなのに、

サンタさんなら悪い子にプレゼントをくれないのは順当としても、『お年玉』はそういうシステムではないはずだ。

「これからあたしがどこに行くか、わかる？」

「え、わかりませんけど……、て言うか、言わないほうがいいと思いますよ。わたし、超口軽いですから」

「大丈夫よ、誰にも追ってこられないところに行くつもりだから——地水火風木。すべての自然を、不自然なアートにしたあたしが次に行く先は、あたしの次なるいくさ場は、空しかないでしょう」

「？　そりゃ、まあ、ヘリコプターに乗るんですから……」

「そうじゃなくって、ヘリコプターじゃ行けない高さまで行きたいのよ」

眉美ちゃんも、そうだったんじゃないの？

そう言い残して、こわ子先生は去っていったのだった。

空。

地水火風木に並べるなら、つまり、星か。

確かにそれは、わたしがつい最近まで、目指していた場所だった――そして、諦めた場所だった。

とても幼く、子供っぽい夢だった。

だから、もういい大人であるこわ子先生が、それを次なる目標に据えるなんて、にわかには信じがたかった――まるで『あんたはどうするの？』と、正面切って訊かれたみたいな気分だった。

籠の中に閉じ込めておいていい才能ではなかったけれど、しかし、わたしはとんでもない人を、世に放ってしまったのかもしれない……、とんでもない鳥を、空に放ってしまったのかもしれない。純白のカンバスと言っていい真っ黒な宇宙に、あの人が何を描くのか、想像するだに、恐ろしい限りだ。

だから、この敗北が正しい敗北だったとは、やっぱり思わないし、思えない。

気取って言っているわけじゃない、無惨で惨めな敗北だ。

だけどそれ以上に、ここで負けなきゃ一生後悔していたような、美しい敗北だったとは思うんだ。

「おいおい。何をぼさっとしているのかね？　眉美くん。永久井こわ子先生の見送りも終わったことだし、僕達は早速、作業に入らないと、新学期に間に合わないよ」

　そうだった。

　こわ子先生にヘリコプターを献上してしまったわたし達は、野良間島から帰還するすべを失ってしまったのだった――外部と連絡を取る手段もなく、これはいわゆる、遭難状況だった。

　不幸中の幸い、ここは海洋ではなく、琵琶湖のど真ん中である。対岸まで、せいぜい数キロ。がんばれば筏《いかだ》で渡り切れる距離だ。なあに、たったひとりで美術館を、五つも建てちゃった人がいるのだ――六人がかりなら、筏くらいはすぐだろう。

　わたし達の合宿の延長戦、自然体験の不自然な続きは、このようにしてスタートを切ったのだった。


（始）

曲《きょく》線《せん》どうか？

■■

わたし、瞳島眉美《どうじまゆみ》は美少年探偵団のメンバーであるために、日々男装して学校生活を送っているわけだけれど、しかしそれは、言葉で言うほどに、簡単なことではない。中学二年生であるわたしはもろに成長期であり、そのボディラインは自然、女性らしい曲線の魅力を帯びてこざるを得ないわけだ。そうなると、天才児くんに仕立ててもらった男子用の制服も、サイズが合わなくなってくるのを避けられない。

「や、違うでしょ、眉美ちゃん。制服のサイズが合わなくなりつつあるのは、眉美ちゃんがぶくぶくに太りつつあるからだよ」

生足くんが生々しい罵声《ばせい》をわたしに浴びせた。

フェミニストだと思ってたのに！

「フェミニストだからこそ言いたい。眉美ちゃん、このままだとまずいよ。美少年探偵団は、ただ男装すればいいってわけじゃないでしょ。美しい少年でなきゃいけないんだよ？　そりゃまあ、肥満が美徳とされた時代もあるけれど」

ぐぐ。

肥満と言われると、いくら図太いわたしにも刺さってしまうものがあるな。

「その図太さも引き締めたほうがいいと思うけど……、原因は嫌になるほどはっきりしてるよね。ミチルの手料理を食べ過ぎなんだよ、眉美ちゃん。ボクと同じくらい食べてるじゃん」

同じくらいならいいじゃない――と言い掛けたけれど、よくはないのだった。生足くんが陸上部で、いったい日々どれだけのカロリーを消費しているかを思えば、食べる量はあれでも足りないくらいだろう。生足くんの美脚は、たゆまぬ努力の結晶なのだ。

そしてわたしのたゆんだおなかは、食欲の結晶……。

「たゆんだおなかって。自虐的過ぎるでしょ。まだそこまでの事態には至ってないって。だから今のうちに手を打とう」

手を打とうと言われましても。

わたしも別に、体重を倍にしようと企《たくら》んで食べまくっているわけじゃない――不良くんの料理がおいし過ぎるのが悪いのだ。

あいつが悪い。

あと、美術室で夕餉《ゆうげ》を食べたからという理由で、いつも自宅で絶食を試みるわけにもいかないし……、ただでさえ反抗的な（で、かつ、男装して学校に通っている）娘が、親に対してハンガーストライキをおこなっていると、あらぬ誤解を受けてしまう。

結果、わたしは一日四食、場合によっては五食、食べる羽目に陥《おちい》っているのだ——おのれ、不良くん！

「ミチルのせいじゃないでしょ——とも、言えないか。あいつは女の子を太らせるのが趣味みたいなところがあるからね。大抵の依頼人は、美術室から肥えて帰る」

今まで聞いたあの番長にまつわるエピソードの中で、群を抜いて極悪過ぎるだろ。探偵団が悩みを増やしてどうするんだ。

「ミチルには悲しい過去があるんだよ。飢えてがりがりだった頃が」

……それを聞くと茶化《ちゃか》しづらいな。

「あと、自分がぜんぜん太らない体質だから、他人を代わりに太らせてるって言ってたかな」

死ね。

けど、彼の生き甲斐《がい》である料理を、やめさせるわけにもいかないんだよねえ。

ところで、生足くんはともかく、先輩くんや天才児くん、リーダーはどうして、体形が崩れないんだろう？

「そりゃ、ナガヒロは自制心が強いからね。あいつの自制が効かないのは、幼女に対してだけだよ」

そこが利かなきゃ自制心の意味がない。

自警団が動き出しちゃうよ。

「ソーサクは家でもコック付きだから。栄養管理はきっちりされてるんでしょ」

セレブリティ！　でも、リーダーは？

「リーダーは育ち盛りだから」

小学五年生だったね。

じゃあ、わたしだけが貧乏くじを引いている！

……まあいいか。太っても、おいしければ。将来ダイエット本を出版しよっと。

「諦《あきら》めがよ過ぎるでしょ。だらしない体形になっちゃうよ。それはそれでエロいけど」

食べたい物も食べずに長生きしても何の意味もないでしょ。わたしは美食におぼれて、太く短く生きる。ふたつの意味で。

「太ったからって人生は意外と短くはならないよ？　不健康でいいなら肥満体形のほうが寿命は長かったりもするから。結局は将来的に、食べたい物を食べることもできずぐだぐだに長生きすることになるよ？」

やなこと言うなあ。

でも、どうしたものか。

この胴をどうしたものか。

普通のダイエットなら、食べた分だけ運動すればいいんだろうけれど、この場合の問題は、不良くんの手料理がおいし過ぎる点にあるんだから——運動しておなかがすいたら、その分食べちゃうだけだ。

悪循環である。

かと言って、胃袋の大きさを上回る、生足くんほどの運動量を求められても困る。死んじゃう死んじゃう。

「わかった。ボクも眉美ちゃんに、メンバーをやめて欲しいわけじゃないからね」

え？　マジでそんな大ごとなの？

体重制限があるって、美少年探偵団って、競馬学校なの？

「裏技を授けるよ。ミチルには悪いけれど、ボクも、どうしても食欲に負けそうになったときには、その食材を使うことにしているんだ」

その食材？　その食材って？

「ミラクルフルーツだよ。奇跡を起こそう」

わたしが痩《や》せるのは奇跡なの？

■■

生足くんはふざけて（あるいは叱責《しっせき》の意味で）言ったわけではなく、ミラクルフルーツは実在の果実だった。ただ、その効能は、限りなく奇跡めいている。

なにせ、人間の味覚を変えてしまうのだ。

仕組みは説明を聞いてもよくわからなかったけれど、そのフルーツを食せば、『酸っぱさ』を感じることができなくなるのだと言う——何それ⁉

味覚の一部が失われるって⁉

「この場合、一部じゃなくて全部だね。調理と調味を、見た目によらず繊細に組み立てているミチルの料理は、逆に言えば、どこか一ヵ所が崩れれば、全体のテイストが崩れちゃうもの」

見た目によらずは余計だったが、確かにその通りだ——『美食のミチル』であるがゆえに、わずかな味付けのミスだって、かなり目立つ。画竜点睛《がりょうてんせい》を欠くことになる——そのミスがないからこその美食なのだが、逆にこちらが、ミラクルフルーツによって、あらかじめ味覚を狂わせておこうという寸法だった。

なるほど、それなら食べ過ぎの心配はない。

……元に戻るんだろうな？

「大丈夫、効果はせいぜい一時間くらいだよ。グミみたいな大きさだし、美術室に向かう前に口の中で転がしておけば、ちょうどいいんじゃない？」

経験者としてそんなことを言って、生足くんはわたしに、ミラクルフルーツの果実を何粒か渡してくれた。半信半疑だったけれど、試して損はなさそうだったので、わたしは受け取った——このショートストーリーの落ちが、『ミラクルフルーツがおいしくて、むしろそれを食べ過ぎて太っちゃった』だったらどうしようと思いつつ。

だが、期待していた（していなかった）以上に、効果はあった——あれだけわたしを虜《とりこ》にしていた、これを食べさせてくれるなら不良くんの言うことはなんでもきいちゃうお願いわたしをあなたの召し使いにしてとまで思っていた彼の手料理が、まるで味気なくなってしまったのだ。

味気ないと言うか、変な味になった。

理屈ではわかっていても、『酸っぱさ』を感じないというだけで、ここまで味は変わってしまうのか……、わたしの舌はどうなってしまったのか。

飲むたびに、おいし過ぎて吐《は》き出していた不良くんの紅茶を、普通に味がおかしくて、吐き出しそうになってしまうくらいだった。

そんなこんなで、わたしはみるみるうちに痩せていった。

どれだけ不良くんの手料理のせいで太っていたんだと戦慄《せんりつ》する思いだった——ついでに、取り立てて成長期でバストサイズが変わっていたわけじゃないという、悲しい事実も明らかになったけれど（生足くんも悲しそうだった。わたしの胸のことで悲しまないで？）、それはともかく。

生足くんの予想を超えるダイエットの成果は、いいことでもあったけれど、しかし、その劇的な変化を、不良くん本人が気付かないわけがなかった。

「おい眉美。お前、なんか、骨と皮だけになってねえか」

なってないよ。心配そうに言うな。

どういう基準で料理を作っているのだ——女の子を太らせるのが趣味という話を、決して鵜呑《うの》みにはしていなかったけれど、その気色ばんだ様子を見る限り、やや真実味を帯びてきた。

「まさかてめえ、俺の作る料理に不満があるってんじゃないだろうな？　まさか今度は俺のことを不満くんと呼ぶつもりか？　ミチルだけに」

そんなうまいこと言うか。

おほほ、ちょっと食べ物の好みが変わっただけよ、お気になさらずと、わたしは巧妙にごまかして、美術室をあとにした――目標体重まであと少しなのだから、ここが踏ん張りどころである。

ま、たとえわたしが起こしているミラクルに気付いたところで、不良くんに打つ手はないんだけどね。

そう油断していたわたしだったけれど、しかしこれは、浅はかな考えだった。わたしはミラクルフルーツをなめると同時に、『美食のミチル』もなめていたのである。

ぐはあ！　と。

翌日の放課後、不良くんから出された一皿を口にした途端、わたしはその美味にやられ、打ちのめされてしまった――すんでのところで吐き出さなかったものの、テーブルに突っ伏してしまった。

しぇ……シェフを呼べ！

「ここにいるよ。今のお前に必要なのは、シェフじゃなくて救急車じゃねえのか？」

テーブル脇《わき》で、勝ち誇ったように腕を組む不良くんだった——そんな、リーダーさながらの尊大な態度に、むかつくだけの余裕もない。

おいしさに殺される。

馬鹿《ばか》な、ちゃんと教室を出るとき、ミラクルフルーツをなめてきたはずなのに……、どうしてこの一皿。

麻婆豆腐《マーボーどうふ》が、こんなにおいしい？

「ヒョータから聞いたぜ。お前、今、味覚を狂わせてるんだって？」

ぬお。

裏切ったな、あの美脚。

「前からおかしいとは思っていたんだ。あいつもたまに、食事を残すときがあったからな。問いつめたらあっさり白状したぜ。あんまり痩せ過ぎるのもどうかと思うし、だそうだ」

胸のことを言ってそうだな、それ。

だけど、それがわかったからと言って、これは、料理人の側からアジャストできる話じゃないはずなんだけど……、わたしの味覚がどれくらい狂っているかなんて、不良くんにはわかりっこないんだから。

「ああ。だから味覚じゃなくて、痛覚を攻めてみた」

通天閣？

「それは大阪《おおさか》のシンボルタワーだ。なんで俺が大阪に侵攻するんだよ。痛覚だ痛覚——辛《から》みってのは、味覚じゃなくて痛覚なんだよ」

言われて、わたしは改めて、出された麻婆豆腐を見下ろす——見下ろすというか、箸《はし》を下ろす。だめだ、食べる手が止まらない。

口の中に広がる辛さが。

口の中に広がる痛さが、心地いい。

ああ、そう言えば聞いたことがある……、辛いって感覚は、『味』じゃないんだって……、だから唐辛子とかを皮膚に塗っても、そのテイストを感じることができるんだって……、世界一辛いソースは、素手で触ったら指が爛《ただ》れるとか、そんな話だ。

「痛さ、プラス熱さだな。もちろんやり過ぎはよくねえが、今回は懲罰の意味合いも込めて、やり過ぎてみた」

懲罰なの？

食べ物を残すのを罪とする考えかたはなるほど不良くんらしかったが、だとすると、なんていい罰。むろん、口の中に感じるのは痛さや熱さだけではなく、豆腐や挽《ひ》き肉《にく》の、適度な柔らかさ、触感ならぬ食感でもあった。

「くくく。この俺を前にダイエットなんて、百キロ早いぜ。たとえその舌を切り落としたって太らせてやるから覚悟しておけ」

酸いも甘いもかみ分けた辛口の料理人はそんなことを言って、更なる皿を、テーブルの上に並べるのだった。わたしは身も細るような思いで、敗北を認める。

いただきます！

白《はく》髪《はつ》美《び》

■■

美少年探偵団の天敵にしてカワイゲのない悪魔、または先輩くんのラブリーな婚約者である川池湖滝《かわいけこだき》ちゃんから、美術館の入場チケットが送られてきた。

どうやらわたしがこの間、いらぬ配慮をしたことがバレたらしい――お礼やお詫《わ》びとまったく無縁の性格だと思われる彼女だけれど、わたしのようなクズに借りを作りっぱなしなのは、我慢ならないようだった。

でも、美術館のチケットねえ。

美少年探偵団の新メンバーということで、買いかぶってくれたのかもしれないけれど、正直、あんま興味ないなあ。

「だろーよ。労働者階級のてめえにこれっぽっちもハイソな趣味があるなんて思ってねえよ」

と、湖滝ちゃん。

相変わらず口が悪い。

どころか、人間が悪い。

小学一年生だからまだ許されているが、このまま大人になったら、言葉狩りの被害に遭うことは必至である。

「それでも、てめえが美少年探偵団の一員だって言うなら、行って損はねえと思うぞ。そんな有名な美術館でもねーし、展示されてる絵画彫刻はともかくとして——運び屋集団『トゥエンティーズ』の仕事には、一見の価値があんだろ」

なんですと？

■■

湖滝ちゃんがどうして、それを知っているのかは定かではないが、『トゥエンティーズ』というのは、わたしと深き因縁《いんねん》のある、バリバリの犯罪者集団である。

冗談でなく、マジで誘拐された。

運送係だとか、運び屋だとか、そんな風に名乗っていた——ある物を、あるべき場所から違う場所へと『移動』させることに秀でた、法律を法律とも思っていない、危険極まりないグループだ。

そんな彼ら（リーダーの麗《れい》さんは女性なので、彼女らと言ったほうが正確か）の『仕

事』と言えば、当然ながら不法行為ということになり、どういう意味かといぶかしんだけれど、

「自分で調べろ、愚民。てめえみたいなのを情報弱者って言うんだ」

と、湖滝ちゃんは多くを語らなかったので、仕方なくわたしは、予習をしてからくだんの美術館に向かうことになった。

ちなみに先述の通り、美少年探偵団にとって湖滝ちゃんは天敵的存在なので、これはわたし、瞳島《どうじま》眉美《まゆみ》個人としての活動となる。

まさか日曜日に美術館へ出かけるようなことがあるなんて、ちょっと前までは思いもしなかったけれど……、ただ、『トゥエンティーズ』と聞けば、わたしも動かないわけにもいかない。

既に先輩くんこと咲口《さきぐち》先輩が安全宣言を出してくれているが、『トゥエンティーズ』に対する予防工作は、してし過ぎるということはないのだから。

■■

美術館に泥棒が入ったのは、去年の出来事だったそうだ――目玉展示として公開されて

いた絵画が、盗まれたのだと言う。

しかも、ただ盗まれたのではなく、強化ガラスで保護されていたカンバスを、真っ白な新品と入れ替えるという、さながらルパン三世みたいな遊び心を、『犯人』は見せつけたのだそうだ。

犯行予告状こそ出していなくとも、鮮やかなる怪盗の手際と言えるだろう——ルパン三世でなければ、怪人二十面相か。

むろん、盗まれたほうは遊びでは済まない。

上を下への大騒ぎになったそうだ——調べてみると地元の新聞でも大きく取り上げられていて、にもかかわらず、わたしはまったく知らなかったので、『愚民』はともかく、『情報弱者』呼ばわりは、甘んじて受け止めるしかないのかもしれない。

まあ、当時のわたしは夜空にしか興味のない、美少年ならぬ女の子だったし、かつ、『トゥエンティーズ』なんてグループを知らなかったのだから、そんな記事をスルーしてしまっていたのだろうが、今、こうして改めてその盗難事件を振り返ると、なるほど、確かに、あの運送係の手際を思わせる事件である。

きっと彼女達なら、どれほど厳重に保護された絵画であれ、依頼人の希望通りの場所に『運んで』のけるだろう——盗まれた絵画は、未《いま》だ発見されておらず、美術館に返還される目処《めど》は立ってないそうだ。

なので美術館の壁には、現在、入れ替えられた真っ白なカンバスが、かけられたままになっている。

それはそれで話題を呼ぶらしく、『現代の怪盗』の仕事ぶりをひと目見ようと、それなりの来館者を呼んでいるらしい——下手をすれば、元の絵画よりも集客力がある純白のカンバスというわけだ。

まんまと美術館の策にはまっていると言うか、世の中には好事家《こうずか》が多い。のこのこ、その純白を見に来たわたしが言っていいことでもないが……。

■■

まっさらなカンバスが壁にかけられ、強化ガラスで厳重に保護されているさまは、一種の前衛芸術、または現代アートのようであり、それはそれでそういう作品みたいだったけれど、一応、ガラスケースの外に、本来そこに飾られていた絵画の写真が貼《は》り付けられていた。

初めて見る絵だったし、初めて聞く作者だったし、ぴんと来ないというのが正直なところだった——純白のカンバスを前衛芸術ととらえるならば、そういう奇のてらいかたのほうが、むしろわかりやすいくらいである。

もっとも、これは立体感のない写真だからというのもあるだろう。付されている解説によると、盗まれた絵画の実物は、多くの人を魅了し、『オーラが違う』とか、『後光を放っている』とか、そんな論評を浴びていたそうだ。そんな誉《ほ》め言葉が、どこまで本当なのかはわからないけれど……。

まあ、もしもすり替えが『トゥエンティーズ』の仕業だとするなら、盗んででもそれを欲しいと思った依頼人がいたことだけは間違いない。

土台、わたしの審美眼なんてあてにならない。

むしろ不思議なのは、どうやって麗さん達が、絵画を盗んだのか、その方法だった。小さな美術館だし、警備員を隣に常駐させるほどに、常日頃から警戒していたわけではないだろうけれど、それでも、ポケットに入るサイズではない絵画を盗み出すというのは、なまなかにできることではあるまい。

強化ガラスも、見る限り、どうやって取り外せばいいのか不明だし——もちろん、物理的に破壊された形跡もなかったらしい。

ケースを傷つけることなく、中身のカンバスを入れ替えるなんて、まるで手品じゃないか。ミステリー小説風に言うなら、密室からの脱出に近い。

衆人環視の中じゃ、まず無理な犯行だから、盗みは真夜中におこなわれたと見るべきか……？

「だいたい、なんで純白のカンバスとすり替えたりしたんだろ」

と、わたしは独り言《ひとごと》のように呟《つぶや》いた。

これがもしも、贋作《がんさく》とすり替えられていたというのなら、なるほど、合理的である。盗みが露見するのを遅らせれば、それだけ『運搬』の成功率もあがるだろうし。

でも、これみよがしにまっさらのカンバスと入れ替えることに、どんな意味がある？新聞では怪盗めいた遊び心だと解説されていたし、わたしも、実際に足を運んでみるまではそう考えていたけれど、こうして実物を見てみると、ちょっと違和感を覚える。

盗み出すのが大変であることは既に述べたが、この新品のカンバスを持ち込むことだって大変そうである——劇場型の愉快犯だとしても、労力に見合うだけ虚栄心を、果たして満たせるだろうか？

少なくとも、『遊び人』である札槻嘘《ふだつきライ》くんなら、こんな無駄なリスクを、純粋な遊び心とは認めないだろう。

また、わたしの知る『トゥエンティーズ』は、大胆不敵で怖いものなしの犯罪者集団ではあるけれど、決して劇場型の愉快犯ではない。

黙って盗んで、痕跡《こんせき》も残さず、黙って消えるだろう。

不良くんなら、『こんな絵、白紙のほうが価値があるよ』という風刺なんじゃないかと解釈するかもしれないし、わたしのような素人《しろうと》には、そういうメッセージ性のほうが伝わりやすいのも確かだけれど、なんだかそれも、違う気がする。

だったら本物そっくりの贋作とは言わないまでも、たとえば子供の落書きみたいな絵とすり替えるくらいのことをしそうなものだ——純白では、いかにもわかりにくい。

「それとも、すり替えるのは純白でなきゃいけない理由でもあったのかな」

「今、なんとおっしゃいました？」

と。

続けたわたしの独り言に、隣にいた来館者が反応した——眼鏡《めがね》をかけた、白髪のおねーさんだった。


日曜日の午後で、それなりに混雑していた美術館の、ある意味で一番の『売り』である展示室だったので、油断してぶつぶつ呟いてしまっていたけれど、気付けば、部屋にはわたしと、白髪のおねーさんしかいなかった。

どうもわたしは、相当熱中して、純白のカンバスに見入ってしまっていたらしい——『団則その3、探偵であること』を、実践していたとも言えるが、何にしても恥ずかしい。

白髪のおねーさんは、いかにも美術館にいそうな、お洒落《しゃれ》なおねーさんだった。足首まで隠すようなプリーツのロングスカートに襟付きのシャツを着て、チェックのストールを羽織《はお》っている。

素肌の露出はほとんどなく、麗さんとは真逆のタイプで、全体的におっとりしている風ではあるが、匹敵するほどの美人である。

意味もなく照れてしまう。

ちなみにわたしは、美少年バージョンで来館しているので（『団則その2、少年であること』）、ここで照れると、なんだか意味合いが違ってしまうのだけれど、しかし白髪のおねーさんは、そんなわたしの赤面（？）に構うことなく、

「今、なんとおっしゃいました？」

と、繰り返し聞いてきた。

「え、えっと……」

なんだろう。

鑑賞に集中すべき美術室でうるさくしていたわたしを、咎《とが》めているというわけでもなさそうだ。

「すり替えるのは純白でなきゃいけない理由でもあったのかなって……」

「その言葉、いただきました。それで謎《なぞ》が解けましたよ」

と、白髪のおねーさんは言った。

「え？　なんですって？」

今度はわたしが聞き返す番だった。

謎が解けた？　何の謎が？

決まっている。この展示室にある謎と言えば、絵画の盗難だ――『トゥエンティーズ』が、あるいは他の犯罪者かもしれないけれど、強化ガラスに囲まれる形で展示されていた絵画を、どうやって純白のカンバスとすり替えたのか、だ。

「いえいえ。ですから、『どうやって』ではなく『どうして』ですよ――どうして、純白のカンバスとすり替えたのか。本物そっくりな贋作ではなく、純白でなければならなかったのか」

どうやら白髪のおねーさんは、わたしと似たようなことを考えていたようだ。さりとて、野次馬的な好奇心で、この展示室にやってきたというわけでもなさそうである。

その姿勢もまた、わたしと似たような……、『探偵であること』？

「……でも、純白でなければならない理由なんて、ありますか？　メッセージ性ってことですか？」

同じ感想を抱いているらしいことで、多少の親近感を覚え、わたしはそんな風に聞いてみたけれど、しかし、これはわたしの早とちりだった——同じ感想ではなく、白髪のおねーさんの感想は、わたしの一歩先を行っていた。

感想は。あるいは、推理は。

「いえ、メッセージ性ではなく、理性ですね。合理的かつ、実際的です——純白でなければ、この入れ替えトリックは成立しなかったでしょう」

「入れ替えトリック……」

密室トリック、ではなく。

「つまり『トゥエ……』、犯人は、そのすり替えをおこなわないと、目的の絵画を盗み出すことはできなかったって意味ですか？」

「ずばりその通りです」

ずばり？　なんだその言語感覚の古さは？

「まあ、現実には、すり替えはおこなっていないんですけれどね？」

「え？」

ここに来てすべてをひっくり返すようなことを言われ、わたしは面食らう――面食らったけれど、しかし、それはひっくり返しではなく、どんでん返しだった。

カンバスのように白い髪をかきあげながら、彼女は言った。

「カンバスは最初から純白だったんです――盗難が発覚する当日までは、そのスクリーンに、絵画の写真を投影していたんですよ」

■■

白髪のおねーさんが述べた推理は、以下のようなものだった。

「壁にかけた純白のカンバスに、さながら映画館のように、絵画の写真を映すことによって、あたかもそこに本物の絵があるように、来館客には思わせた。むろん、そんな大がかりな仕事となると、美術館側が仕込まないと不可能でしょうね。資金繰りに困って本物を売り払ってしまった経営陣が、やむなくとった措置と言ったところでしょうか」

いや、『大がかりな仕事』どころか……、そんなことが可能なのか？　だって、そんなプロジェクションマッピングみたいなことをしようと思ったら、まず映写機が必要になる。

それに、カンバスはガラスケースで囲まれているのだ——そこで光が屈折してしまうじゃないか。

「プロジェクションマッピング？　なんですか、それ？」

おかしなところで首を傾《かし》げる白髪のおねーさん。

それはともかく、

「カンバスは、ガラスケースには、厳密には囲まれていないでしょう。前面と、上下左右は囲まれていても——背後までは、その手は回っていません」

と、続けた。

背後——つまりは、壁。

だが、そこに壁があるとは限らない。

カンバスの形にくり抜かれていて、そこに映写機があるとすれば——スクリーンの裏側からだって、映像は投影できる。

後光を放っている。

だとすると、絵画の実物が、そんな論評を浴びていたというのはなんとも皮肉だけれど……、なんにしても、だったら、すり替えトリックは、シンプルきわまる。

ケースを破壊する必要も、カンバスを持ち込む必要も、持ち出す必要もない——映写機の電源をオフにすればいいのだ。

それだけで、名画は純白のカンバスと『入れ替わる』のである。

「つまり内部犯ということになりますかね。内部犯であり、内部告発ですか。それでも、盗難にあったことにして、集客に利用するあたり、経営陣もしぶといです」

ふむ。

あるいは保険金目当ての自作自演とかかな?

ならば『トゥエンティーズ』のようなプロの犯罪者集団が、噛《か》んでいたわけではない事案だったのか——わたしが、そんな風に思っていると、

「さて、それではお騒がせしました。お話しできてよかったです。謎も解けましたので、これで失礼しますね」

と、白髪のおねーさんは、順路に従って、展示室を出て行こうとした。あくまでたまたま二人になっただけなので、ここで引き留めるのもおかしかったけれど、わたしは「あの、お名前は?」と聞いた。

このことを、湖滝ちゃんに報告するときに『白髪のおねーさん』では、座りが悪い。

「掟上今日子《おきてがみきょうこ》です」

「今日子さんですね。わたしは瞳島眉美です」

「あら、素敵なお名前ですね」

そう言って、今日子さんはいたずらっぽく微笑した。

「しかと覚えました」

■■

今日子さんが去ってのち、わたしはなんとなく、眼鏡を外してカンバスの後ろ側、すなわち壁の向こう側を透視してみたけれど、そこにはもちろん、映写機はなかった。

と言うか、そんな仕掛けを設置するスペースさえなかった。ただただ壁一枚を隔《へだ》てて、次なる展示室があるだけだった――そう、今日子さんが向かった、順路通りに。

どうやら、うぶな美少年が年上のおねーさんにからかわれてしまったらしいと気付くのに、結構な時間がかかった。

なんとも言えない、このやられた感。

いっそ心地いいくらいだった。

なので、結局、厳重に保護された絵画がどのように盗まれたのか、どうしてすり替えられたのかは、謎のままである――しかし、たとえ一瞬であってもあんな可能性を呈示されてみると、犯人が『トゥエンティーズ』なのかどうかからして、疑わしいと言わざるを得ない。

こうしてすべての推理は、まるで忘却されたがごとく、白紙に返ったのだった。

あとがき

趣味を仕事にしないほうがいいという標語がありますけれど、この言葉をどう解釈するかは人それぞれで、もちろん常識的には、仕事にするとなると、好きなことの好きじゃない側面も見ることになって、最悪の場合、好きだったはずの趣味を嫌いになってしまうおそれがあるという意味に取るのが自然でしょう。実際のところ、動物が好きだからと獣医になれば、それだけ多くの動物の死を看取ることになるとか、野球が好きだからとプロ野球の選手になっても、望んだポジションにつけるとは限らなかったり、全部が全部、楽しいことばかりではありません。だけどそれって、嫌いなことを仕事にしてもおんなじじゃないかとも思いまして、動物が苦手なのに獣医になったら地獄の日々でしょうし、本当はサッカーがやりたかったのにと思いながらプロ野球選手になったら、どういうポジションについたとしても、すっきりしない気持ちは拭えないでしょう。もちろんこれは極端な曲解であって、要するに『趣味を仕事にしないほうがいい』というのは、単に『仕事は辛いよ』と言っているんだと僕は思うんですけれど、だったらむしろ趣味を仕事にしたほうが、いくらかの救いがあるような気もしないではないです。ちなみに僕は小説を読むのが好きだから小説家になったわけですが、よく考えたら、読むのが趣味なのに書くのを仕事にしているんだから、趣味を仕事にできているんでしょうか?

そんなわけで本書は、思うがままに創作活動にいそしむ、ひとりのアーティストの物語です。趣味を仕事にしたときのネックのひとつが、『趣味はお金がかかるもの、仕事はお金を稼ぐもの』という矛盾だと思うんですが、その点が解決されたとき、芸術家は何を生むのか——みたいなことを考えながら書いたり書かなかったりしたような。美少年探偵団的にはいつもの団体行動ですが、せっかくの合宿編なので、またちょっと違った形のアプローチにしてみました。そんな感じで美少年シリーズ第五弾『パノラマ島美談』でした。前巻に引き続いてショートストーリーも二本ほど書いてみましたので、そちらもよろしければ。

表紙はキナコさんによる美少年探偵団の私服姿のお目見えです。ありがとうございました! 作中で触れられたもう一人の双頭院くんについては、たぶん次巻で。

西尾維新

永《と》久《わ》井《い》こわ子《こ》

本書は書き下ろしです。

〈著者紹介〉
西尾維新（にしお・いしん）
1981年生まれ。2002年に『クビキリサイクル』で第23回メフィスト賞を受賞し、デビュー。同作に始まる「戯言シリーズ」、初のアニメ化作品となった『化物語』に始まる〈物語〉シリーズ、『掟上今日子の備忘録』に始まる「忘却探偵シリーズ」など、著書多数。

パノラマ島美談《とうびだん》

2016年10月18日　第1刷発行　　定価はカバーに表示してあります
2025年 2 月25日　第5刷発行

著者……………………西尾維新《にしおいしん》

発行者……………………篠木和久
発行所……………………株式会社 講談社
〒112-8001 東京都文京区音羽2-12-21
編集03-5395-3510
販売03-5395-5817
業務03-5395-3615

KODANSHA

本文データ制作…………講談社デジタル製作
印刷……………………株式会社ＫＰＳプロダクツ
製本……………………株式会社国宝社
カバー印刷………………株式会社新藤慶昌堂
装丁フォーマット………ムシカゴグラフィクス
本文フォーマット………next door design

ISBN978-4-06-294049-8　N.D.C.913　206p　15cm

立てば芍薬、座れば牡丹、
歩く姿は百合の花、
放つ言葉は薔薇の棘――。
美少年探偵団に一夜にして持ち込まれた
グロテスクな巨大羽子板。
同時期に探偵事務所近辺に出没しだした
座敷童のような美少女。
この二者にはどんな関係が!?
そして少女と探偵団の
過去の因縁とは――。
大人気コミカライズ!!

人類最強のヴェネチア
西尾維新
NISIOISIN
Illustration/take
定価：本体1,600円（税別）　単行本　講談社

新時代エンタテインメント
ぼく以外、
NISIOISIN
西尾維新
マン仮説
定価：本体1500円（税別）単行本　講談社

西尾維新、新境

装画／さめほし

わたしは戦う。
幸せで、安全な

西尾維新文庫

少女《しょうじょ》

西《にし》尾《お》維《い》新《しん》

少女はあくまで、
ひとりの少女に過ぎなかった……、
妖怪じみているとか、
怪物じみているとか、
そんな風には思えなかった。

presented by
NISIOISIN

illustration by
碧風羽

講談社文庫
published by
KODANSHA
定価◉本体660円［税別］

不十分
ふじゅうぶん
「少女」と「僕」の不十分な無関係。
この本を書くのに、
10年かかった。

一線を走る彼らに、
前置きは不要だ。

西尾維新
NISIOISIN
対談集

本題

シリーズの垣根を越えて
ヒロイン達が、阿良々木暦と対面!!
西尾維新
初の
クロスオーバー小説集、好評発売中!
病院坂
Illustration
渡辺明夫

混《マゼモノ》物《ガタリ》語
これぞ夢の
コラボ!
コラボ!
コラボ!
混物語
西尾維新
奇跡のコラボ短編集!!
ヒロインズ meet 阿良々木暦!!
スペシャルブロマイド封入!
100パーセント趣味で書かれた混沌です。
青春は、混ぜたら危険か知りたくて。
定価:本体1850円(税別)
KODANSHA BOX